Ein Sommer ist für immer.

Verlag: BoD · Books on Demand GmbH,
In de Tarpen 42, 22848 Norderstedt,
bod@bod.de
Druck: Libri Plureos GmbH, Friedensallee 273,
22763 Hamburg
ISBN: 978-3-7693-6767-6

Die Ankunft

Die Kutsche war voller Familien, die sich auf den Weg zum Meer machten: aufgeregt schreiende Kinder, Eltern mit Kühlboxen und Sandeimern, ältere Menschen, die mit tief in die Augen gezogenen Hüten dösten.

Luca saß mit dem aufgeschlagenen Buch auf den Knien am Fenster. Er las einen Abenteuerroman, aber seine Gedanken wanderten ab. Es war das erste Mal seit so langer Zeit, dass er von zu Hause weg war. Die vergangenen Sommer hatte er zu Hause in Parma in Begleitung seiner Eltern und Großeltern verbracht, die sie besuchten.

Luca sah zu, wie die Landschaft vor dem Fenster vorbeizog: gelbe Felder, unterbrochen von kleinen Hainen, und hin und wieder eine Häusergruppe, die die Ankunft einer neuen Stadt ankündigte. Im nächsten Kutsche lachte eine Gruppe älterer Jungen laut. Luca beobachtete sie flüchtig und verspürte einen leichten Neid auf ihre Unbeschwertheit. Er fragte sich, ob er Freunde finden würde, ob er jemanden finden würde, mit dem er Nachmittage am Strand verbringen könnte.

Als der Schaffner den Ankunftsbahnhof ankündigte, schlug Lucas Herz schneller. Er schnappte sich seinen

Rucksack und bereitete sich auf den Abstieg vor. Sein Großvater mütterlicherseits wartete auf ihn.

Der Weg vom Bahnhof zum Haus seiner Großeltern war kurz, aber voller Details, die Lucas im Gedächtnis blieben. Die staubigen Straßen waren von Seekiefern gesäumt, deren Nadeln einen dunkelgrünen Teppich auf dem Boden bildeten. Hin und wieder machte ihn sein Großvater auf etwas aufmerksam: „Das ist das beste Restaurant in der Stadt, es gibt dort fangfrischen Fisch." Und dort drüben ist der Hauptplatz, wo jeden Samstagabend das Dorffest stattfindet."

Das Haus war genau so, wie Luca es sich aus den Geschichten seiner Mutter vorgestellt hatte: einfach, farbenfroh und einladend. Die Wände waren mit alten Fotografien und am Strand gesammelten Muscheln geschmückt, die an dünnen Fäden hingen. Oma hatte ein einfaches, aber köstliches Mittagessen zubereitet: Pasta mit frischen Tomaten und gegrillten Auberginen, das Luca mit Appetit verschlang.

Nach dem Mittagessen nahm ihn sein Großvater mit auf sein Zimmer. „Das war das Zimmer deiner Mutter, als sie noch ein Mädchen war", sagte er mit einem Lächeln. Luca beobachtete die Details: einen alten Schreibtisch, ein Bücherregal mit ein paar abgenutzten Bänden, eine an der Wand befestigte Weltkarte.

Am späten Nachmittag beschloss Luca, das Dorf zu erkunden. Die Hauptstraße führte direkt zum Strand.

Das Meeresrauschen wurde deutlicher, vermischt mit dem Lachen der Schwimmer und den Rufen der Straßenverkäufer.

Der Strand war voller Farben und Geräusche. Blaue, gelbe und rote Sonne schirme hoben sich vom klaren Himmel ab. Die Kinder bauten Sandburgen, während die Erwachsenen beim Lesen oder Plaudern sich entspannten.

Luca zog seine Schuhe aus, ging am Ufer entlang und ließ das kühle Wasser seine Füße benetzen.

Nicht weit von ihm entfernt spielte eine Gruppe Jungen Fußball. Es war ein lautes Spiel, bei dem Schreie und Gelächter in der Luft klangen. Luca blieb stehen, um sie anzusehen, unsicher, ob er näher kommen sollte oder nicht.

„Du da drüben!" Eine schrille Stimme unterbrach seine Gedanken. Luca drehte sich um und sah ein Mädchen auf ihn rennen. Er hatte einen Ball in der Hand und ein entwaffnendes Lächeln.

„Willst du spielen? Wir brauchen noch eine Person."

Luca zögerte, aber die Art, wie das Mädchen ihn ansah, mit seinen Augen voller Neugier und einem Hauch von Herausforderung, veranlasste ihn ja zum Nicken.

„Ich bin Sara", sagte sie und streckte ihre Hand aus. Luca schüttelte es schüchtern.

Sara zerrte ihn zur Gruppe. „Er ist Luca! Ist das richtig? Ich sah ihn zuerst in der Nähe des Bootes. Jetzt wird er mit uns spielen."

Die anderen sahen ihn neugierig an. „Ich bin Riccardo", sagte der größere Junge und klopfte ihm auf die Schulter. „Und das ist Elena."

Elena grüßte mit einem schüchternen Nicken und richtete seine langes braunes Haar.

Das Spiel begann und Luca fühlte sich bald wohl. Riccardo war am konkurrenzfähigsten, schrie Befehle und versuchte, die anderen mit akrobatischen Bewegungen zu beeindrucken. Sara lachte und rannte unermüdlich, während Elena weniger begeistert spielte und lieber zusah.

Irgendwann gelang es Luca, ein Tor zu erzielen. Dann landete der Ball vor den Füßen von Riccardo, der von der Geschwindigkeit des Neuzugangs überrascht war. Sara jubelte: „Großartig, Luca!"

Riccardo sah ihn mit einem subtilen Lächeln an. „Nicht schlecht, neuer."

Als das Spiel zu Ende war, setzten sich die Jungs in den Sand. Riccardo sprach von seinen Schwimmfähigkeiten und prahlte damit, dass er minutenlang untertauchen konnte. Sara unterbrach ihn lachend. „Ja, natürlich, und was dann? Hast du den Schatz unter Wasser gefunden?"

Elena lächelte, schwieg aber. Luca beobachtete die Dynamik zwischen ihnen und versuchte, ihre Charaktere zu verstehen.

Die Sonne begann unterzugehen und tauchte im eine Himmel Orange und Lila-töne. Die Jungen beschlossen, sich zu trennen und versprachen, sich am nächsten Tag wiederzusehen.

Sara begleitete Luca eine Zeit lang. „Du bist nicht von hier, oder?" fragte sie und klang neugierig.

„Nein, ich bin den Sommer über hier, bei meinen Großeltern", antwortete er.

„Na dann mach dich bereit. Hier wird es nie langweilig", sagte sie lächelnd.

An diesem Abend legte sich Luca müde, aber glücklich ins Bett. Er dachte an das Spiel, das Lachen und die Art und Weise, wie Sara immer etwas zu sagen zu haben schien. Er fragte sich, was sie am nächsten Tag tun würden, welche Abenteuer ihn erwarteten.

Draußen vor dem Fenster sang das Meer weiterhin seine ewige Melodie und Luca schlief mit einem Lächeln ein.

Die geheime Zuflucht

Die Sonne schien gnadenlos auf den Strand und ließ die Sandkörner wie kleine Diamanten glänzen. Die Luft war erfüllt von Salz und dem süßen Duft von Sonnencreme. Luca war mit der Gruppe am Strand, aber das Fußballspiel war nicht mehr so spannend. Die Hitze war unerträglich und sogar Riccardo, der energischste der Gruppe, schien das Interesse verliert zu haben.

„Lass uns etwas anderes machen", schlug Sara vor, nahm ihren Strohhut ab und schüttelte ihr blondes Haar.

„Wie was? Zum Beispiel!" fragte Elena, die mit im Wasser versunkenen Füßen am Feldsand saß.

Sara lächelte geheimnisvoll. „Ich habe gestern etwas im Kiefernwald gesehen. Scheint interessant zu sein.

Luca blickte von der Sandburg auf, die er gedankenverloren baute. „Was?"

„Ich weiß es nicht genau", antwortete Sara. „Aber es ist ein verlassener Ort. Es könnte ein alter Schuppen oder ein kleines Haus sein. Sollen wir dorthin gehen?"

Riccardo sprang auf, endlich interessiert. „Wenn es verlassen ist, könnte es uns gehören. Ein geheimer Zufluchtsort."

Die Idee löste bei allen große Begeisterung aus. Wenige Minuten später machten sie sich mit Sara als Führerin auf den Weg zum Kiefernwald.

Der Kiefernwald lag nur wenige Schritte vom Strand entfernt und war durch eine Reihe hoher, mit Buschwerk bedeckter Dünen vom Sand getrennt. Die Luft hier war anders: frisch und nach Harz duftend, unaufhörlich ertönte der Gesang der Zikaden. Das Licht drang durch die Äste und erzeugte Schatten auf dem mit Kiefernnadeln bedeckten Boden.

Luca ging neben Sara und versuchte, nicht über die hervorstehenden Wurzeln zu stolpern. „Wie hast du diesen Ort gefunden?" fragte er.

„Ich habe in der Nähe der Dünen nach Muscheln gesucht", antwortete sie lächelnd. „Dann sah ich einen Weg und ich folgte ihm. Es war, als würde man ein kleines Geheimnis entdecken."

Elena, die hinter ihnen ging, schien von der Atmosphäre des Kiefernwaldes fasziniert zu sein. „Es ist so still hier", sagte sie und brach die Stille.

Riccardo schien sich jedoch weniger für die Natur zu interessieren. „Wo ist dieses kleine Haus? Ich sehe nichts etwas Besonderes."

„Wir sind fast da", sagte Sara und beschleunigte ihren Schritt.

Nach einem kurzen Spaziergang befand sich die Gruppe vor einem kleinen Holzgebäude, das teilweise von Sträuchern und Weinreben verdeckt war. Es handelte sich um einen alten Schuppen, der früher wahrscheinlich von Fischern oder Jägern genutzt wurde. Die Wände waren durch Sonne und Regen verfärbt, aber die Struktur schien immer noch solide zu sein.

„Wow", murmelte Luca und trat näher. „Es ist perfekt."

„Es sieht aus wie aus einem Abenteuerbuch", fügte Elena hinzu und blickte auf das moosbedeckte Dach.

Riccardo verschwendete keine Zeit. Er drückte fest auf die Tür und sie öffnete sich mit einem Knarren. Der Innenraum war kahl, der Holzboden war mit einer Staubschicht bedeckt. In der Ecke lag eine alte Truhe, zusammen mit einigen rostigen Werkzeugen.

„Es ist ein wenig... beunruhigend", sagte Elena und trat einen Schritt zurück.

„Nein, es ist fantastisch!» Rief Sara aus und erkundete das Innere. „Wir können es aufräumen und es zu unserem Zufluchtsort machen."

Luca sah sich um und stellte sich vor, wie der Schuppen zu einem einladenden Ort werden könnte. „Wir könnten ein paar Decken und Stühle mitbringen", schlug er vor.

„Und eine Fahne", fügte Riccardo mit einem begeisterten Lächeln hinzu. „Ein geheimes Versteck muss eine Flagge haben."

Nachdem sie die Hütte erkundet hatten, saßen die Jungen draußen im Schatten der Bäume.

Sara hatte ein Stück Holz gefunden und begann mit einem scharfen Stein darauf zu zeichnen. „Wir müssen einen Deal machen", sagte sie und blickte zu den anderen auf.

„Was für ein Deal?" fragte Luca.

„Ein Pakt, dass dieser Ort unser bleiben wird", erklärte Sara. „Niemand darf von diesem sicheren Haus erfahren."

Riccardo nickte und nahm den Vorschlag ernst. "Stimmen zu. Niemand. Es ist unser Geheimnis."

Elena sah zweifelnd aus. „Was wäre, wenn ihn jemand zufällig finden würde?"

Sara lächelte. „Das wird nicht passieren. Es ist gut versteckt."

Schließlich legten alle ihre Hände auf ein Stück Holz und schworen, ihren geheimen Zufluchtsort zu schützen.

In den folgenden Tagen kehrten die Jungen mehrmals in den Schuppen zurück, um ihn aufzuräumen und bewohnbar zu machen. Sie brachten Besen, Decken, eine alte Laterne und sogar ein paar Blechdosen mit, um Kleinigkeiten aufzubewahren. Elena kümmerte sich um die Dekoration und hängte Zeichnungen und Muscheln an die Wände, während Riccardo einen alten Tisch in der Nähe des Strandes fand und ihn zur Schutzhütte schleppte.

Eines Tages, als sie das Dach reparierten, fand Luca ein kleines Tagebuch, das unter einem Holztafel versteckt war. Es war abgenutzt und handgeschrieben, mit Seiten voller Notizen und Skizzen.

„Was ist das?" fragte Sara und kam näher.

„Es sieht aus wie ein Tagebuch", antwortete Luca und schlug vorsichtig die Seiten auf. „Es gehörte jemandem, der vor langer Zeit hierher kam."

Die Jungen verbrachten den Nachmittag damit, das Tagebuch zu lesen und fanden heraus, dass es einem jungen Fischer gehörte, der den Schuppen als persönlichen Zufluchtsort nutzte. Seine Geschichten über das Meer und seine Abenteuer faszinierten sie und stärkten ihr Zugehörigkeitsgefühl zu diesem Ort.

Trotz der anfänglichen Begeisterung kam es zu ersten Spannungen. Riccardo, der es gewohnt war, Befehle zu erteilen, versuchte, seine Ideen zur Verwaltung der Zuflucht durchzusetzen, während Sara und Luca einen demokratischeren Ansatz bevorzugten.

„Wir können nicht einfach jeden hierher bringen", sagte Riccardo, als Sara vorschlug, einen Freund einzuladen.

„Es ist nicht irgendjemand, es ist nur Martina", protestierte Sara.

«Aber es ist ein geheimer Zufluchtsort!» Riccardo erwiderte und hob seine Stimme.

Luca versuchte zu vermitteln. „Vielleicht können wir gemeinsam entscheiden. Wenn alle einverstanden sind, dann ist es in Ordnung."

Elena sah schweigend zu, ihr war die Diskussion sichtlich unangenehm. Letztendlich beschlossen sie, die Angelegenheit auf sich beruhen zu lassen, doch die Dynamik der Gruppe hatte sich verändert.

Am Abend, nachdem sie den Tag in der Schutzhütte verbracht hatten, saßen die Jungen auf einer Düne, um den Sonnenuntergang zu beobachten. Der Himmel war eine Explosion von Farben: Orange, Rosa und Lila, während die Sonne langsam im Meer versank.

„Dieser Ort ist magisch", sagte Elena und brach die Stille.

Sara nickte. „Es ist, als ob die Zeit hier stehen bleiben würde. Als ob die Welt da draußen nicht existierte."

Als Luca zusah, wie die Sonne verschwand, verspürte er ein seltsames Gefühl der Zugehörigkeit. Zum ersten Mal wurde ihm klar, dass dieser Sommer wirklich etwas Besonderes werden könnte.

Die ersten Abenteuer

Der Nachmittag verging langsam und hinterließ einen blass blauen Himmel, der über dem Meer zu hängen schien. Während die Gruppe am Strand entlang zum Zufluchtsort ging, erzählte Sara weiter die Geschichte einer verlassenen Villa.

„Man sagt, dass die Villa vor mehr als hundert Jahren von einem Stoffhändler gebaut wurde. Er war sehr reich, aber sein Vermögen stammte aus schmutzigen Geschäften. Als er mit seiner Frau hierher zog, dachte er, er hätte einen Ort gefunden, an dem er sich vor all seinen Feinden verstecken konnte."

Luca hörte schweigend zu und stellte sich die Szenen vor, als wären sie Teil eines Romans.

„Und was ist mit ihr passiert?" fragte er schließlich.

„Zu seiner Frau? Niemand weiß es genau. Manche sagen, sie habe Selbstmord begangen, als sie die Sünden ihres Mannes entdeckte. Andere sagen, dass er es war, der sie verschwinden ließ. Der Händler verschwand jedoch kurz darauf. Vielleicht ist er zur See zurückgekehrt, vielleicht wurde er getötet. Seitdem steht die Villa leer."

Elena zitterte. „Warum willst du dann dorthin? Macht dir das keine Angst?"

„Genau deshalb möchte ich gehen", antwortete Sara lächelnd.„ Angst macht alles interessanter."

Als sie in der Villa ankamen, stand die Gruppe einen langen Moment lang schweigend da und bewunderte die dekadente Majestät. Die Steinmauern schienen der Zeit zu trotzen, auch wenn sich der Putz an vielen Stellen ablöste und Risse so tief wie Wunden zum Vorschein kamen.

Die Hauptfassade wurde von einer großen Doppeltür dominiert, die jetzt verblasst und rissig war und über einen antiken Türklopfer in Löwenform verfügte. An den Seiten schienen zwei halb eingestürzte Säulen den Eingang zu bewachen waren. Die Fenster waren, sofern sie nicht zerbrochen waren, undurchsichtig und schmutzig und reflektierten kaum das Licht des aufgehenden Mondes.

„Es scheint nicht so schlimm zu sein", sagte Riccardo, obwohl die Spannung in seinem Ton ein gewisses Zögern verriet.

„Es scheint, als würde er uns beobachten", murmelte Elena und umarmte ihre Brust.

Luca trat einen Schritt vor und beleuchtete die Tür mit seiner Taschenlampe. „Da ist etwas Seltsames … es scheint, dass hier kürzlich jemand vorbeigekommen ist."

Er zeigte auf einige kaum sichtbare Fußabdrücke im Staub, der sich am Fuß der Treppe ansammelte.

Sara zuckte mit den Schultern. „Vielleicht ist es nur ein Tier. Oder vielleicht ein anderer Neugieriger wie wir."

Riccardo schüttelte den Kopf. „Genug mit dem Geschwätz. Mal sehen, was drin ist."

Als sie durch die Tür traten, befanden sie sich in einer großen Halle mit einer sehr hohen Decke und dekoriert mit inzwischen verblassten Fresken. Das Licht der Fackeln tanzte auf den Wänden und enthüllte verstörende Details: alte Gemälde mit Gesichtern, die ihnen mit ihrem Blick zu folgen schienen, ein kaputter Kronleuchter, der unsicher hing, und eine große Marmortreppe, bedeckt mit Staub und Spinnweben.

Der Boden war ein Flickenteppich aus verblichenen Fliesen, von denen viele Risse hatten oder fehlten. In der Mitte des Wohnzimmers lag ein großer Teppich, der an mehreren Stellen zerrissen war und unter seinem Fell Geheimnisse zu bergen schien.

Luca blieb stehen, um eines der Gemälde zu betrachten. Es stellte eine Frau in einem eleganten Kleid dar, mit einem traurigen und intensiven Blick.

„Könnte sie es sein?" fragte er leise und zeigte auf das Porträt.

Sara kam näher. "Vielleicht. Wer weiß, ob er wirklich hier gelebt hat. Sie wirkt... melancholisch."

Elena, die versuchte, so nah wie möglich bei den anderen zu bleiben, konnte nicht anders, als auf den

Kamin zu starren. Es war riesig, aus dunklem Stein gebaut, und darüber stand eine Uhr, die bei 3:17 Uhr stehen blieb.

„Warum funktioniert es nicht?" fragte sie.

„Weil hier keine Zeit mehr ist", sagte Riccardo mit einem amüsierten Lächeln.

Während Riccardo und Elena das Erdgeschoss erkundeten, beschlossen Luca und Sara, nach oben zu gehen. Die Treppe knarrte unter ihren Schritten und erfüllte die Luft mit beunruhigenden Geräuschen.

Der Hauptkorridor war lang und schmal und hatte auf beiden Seiten eine Reihe von Türen. Die meisten führten in leere Räume, in denen nur alte Betten und heruntergekommene Kleiderschränke standen.

In einem der Zimmer fanden sie einen kleinen Schreibtisch, auf dem ein staubbedecktes Tagebuch lag. Sara öffnete es, ungeachtet der Brüchigkeit der Seiten.

„Schau", sagte er und zeigte Luca eine Seite voller dicker, unordentlicher Schrift. „Es geht um einen wiederkehrenden Traum … jemand klopft nachts an die Tür."

Luca näherte sich und las mit leiser Stimme. „„Ich kann nicht herausfinden, wer es ist, aber es ist jede Nacht das gleiche Geräusch. Drei scharfe Schüsse, immer zur gleichen Zeit.'"

Die beiden sahen sich an und ein Schauer lief ihnen über den Rücken.

„Vielleicht sollten wir zurückgehen", sagte Luca.

Aber Sara schüttelte den Kopf. „Noch nicht."

Während sie die Gegend erkundeten, dachte Luca über die Bindung nach, die zwischen ihnen wuchs. Sara war so anders als alle, die er zuvor getroffen hatte: mutig, neugierig, und doch lag etwas in ihren Augen, das eine gewisse Verletzlichkeit verriet.

Elena machte ihm auch Sorgen. Er schien immer hin und hergerissen zu sein zwischen dem Wunsch, Teil der Gruppe zu sein und dem Wunsch, zu fliehen. Und Riccardo verbarg mit seiner Arroganz vielleicht die Angst, nicht wichtig genug zu sein.

„Was denkst du?" fragte Sara und bemerkte Lucas Schweigen.

„Dass das alles seltsam ist", antwortete er. „Aber in gewisser Weise... gefällt es mir."

Sara lächelte. „Mir auch."

Als sie zurück zur Treppe gingen, ließ ein plötzliches Geräusch sie zusammenzucken. Es hörte sich an, als würde ein schwerer Gegenstand fallen.

„Hast du das gehört?" fragte Luca mit klopfendem Herzen.

Sara nickte und richtete die Taschenlampe auf den Flur. „Vielleicht sind es Riccardo und Elena."

„Ich bin mir nicht so sicher", antwortete Luca und ergriff die Taschenlampe mit beiden Händen.

Mittlerweile hatten Riccardo und Elena im Erdgeschoss die Bibliothek gefunden. Es war ein riesiger Raum mit Regalen, die bis zur Decke reichten. Viele Bücher waren dem Verfall zu gelassen, die Seiten waren durch die Feuchtigkeit aufgequollen und die Einbände waren von der Zeit zerfressen.

Elena zog ein dünnes Buch heraus, das mit komplizierten Symbolen verziert war. „Das scheint... seltsam."

Riccardo nahm es aus seinen Händen und öffnete es. Im Inneren befanden sich nur Zeichnungen: menschliche Figuren mit gelöschten Gesichtern, Linien, die hypnotische Spiralen bildeten.

„Es ist nur ein altes Kunstbuch", sagte Riccardo, obwohl der Ton seiner Stimme weniger selbstbewusst war als zuvor.

Als sich die vier in der zentralen Halle befanden, wurden die Geräusche deutlicher. Diesmal war es eindeutig das Geräusch langsamer und schwerer Schritte, die die Treppe hinunterkamen.

„Wir sind nicht allein", flüsterte Elena, ihr Gesicht war bleich wie ein Laken.

Riccardo versuchte ruhig zu bleiben. „Wer auch immer es ist, lass uns gehen."

Ohne Widerrede rannten sie zur Haustür und drängten hart, um in die kühle Nacht hinauszugehen. Der Lärm hörte auf, sobald sie draußen waren.

Als sie zum Zufluchtsort zurückgingen, sagte niemand ein Wort. Ihre Gesichter waren von Angst geprägt, aber auch von einer seltsamen Aufregung.

„Wir kommen wieder", sagte Sara leise, mehr zu sich selbst als zu den anderen.

Luca war sich jedoch nicht so sicher.

Der erste Kuss

Am nächsten Morgen schien der Strand eine Welt für sich zu sein als die unheimliche Nacht, die gerade vergangen war. Die Sonne ging langsam auf und malte den Himmel orange und rosa. Die Wellen schlugen sanft an der Küste und rissen Algen und Muschelfragmente mit sich.

Luca wachte früh auf und hörte immer noch das Echo ihres Abenteuers in der verlassenen Villa. Die Erinnerung an die Schritte, die auf der Treppe widerhallten, quälte ihn weiterhin, aber ein anderes Bild drängte sich in sein Bewusstsein: Sara. Ihr Mut, ihr freches Lächeln und die Art, wie sie alles ansah, faszinierten ihn.

Als er sich auf den Weg machte, beobachtete ihn sein Großvater mit einem verschmitzten Lächeln. „Bist du schon bereit zu gehen? Ich wette, du hast ein paar besondere Freunde gefunden."

Luca lächelte einfach und verließ das Haus, sein Herz war leichter, als sein Großvater es verstand hat.

Er erreichte den Strand, wo Sara bereits in Ufernähe saß und die Füße im kühlen Wasser versenkte. Sie trug ein hell weißes Kleid über ihrem roten Kostüm und ihr Haar war offen und wehte in der Meeresbrise.

„Hey, Schlafmütze", sagte Sara, als sie ihn kommen sah.

„Wie lange bist du schon hier?" fragte Luca und setzte sich neben sie.

„Von eine Weile. Ich komme gerne früh. Es ist die beste Zeit des Tages. Keine Menschen, kein Lärm... nur ich, das Meer und meine Gedanken."

Luca nickte und blickte zum Horizont. Die Ruhe dieses Augenblicks hatte etwas an sich, das ihm das Gefühl gab, zu Hause zu sein.

„Hast du an letzte Nacht gedacht?" Fragte Sara und brach die ruhe des Moment.

Luca zögerte. „Ja, ziemlich viel. Es war... seltsam. Ich habe nicht verstanden, was das für ein Geräusch war."

„Ich auch nicht", gab Sara zu und senkte den Blick. „Aber weißt du was? Es war auch spannend. Ich denke, dass es immer noch Dinge auf der Welt gibt, die wir nicht erklären können."

Luca lächelte. Auch deshalb faszinierte ihn Sara: Sie sah die Welt mit anderen Augen.

Später kamen Riccardo und Elena hinzu. Riccardo war immer der Lauteste und versuchte, Aufmerksamkeit zu erregen. Er trug eine auffällige Sonnenbrille und einen Ball in der Hand, bereit, ein Spiel einzurichten.

„Also, habt ihr gut geschlafen oder denkt ihr immer noch an Geister?" fragte er lachend.

Elena, die immer noch verärgert wirkte, schüttelte nur den Kopf. Sie sah ihn mit einer Grimasse an. „Es war nicht so lustig, Riccardo."

„Ach, komm schon. Es war nur ein alter Villa voller Staub. Nichts, wovor man Angst haben muss", antwortete er.

Luca intervenierte, um das Thema zu wechseln. „Warum spielen wir nicht? Vielleicht lässt uns ein Spiel alles vergessen."

Die Spannung ließ nach, als sie begannen, im Sand zu spielen, aber die Dynamik in der Gruppe begann zu bröckeln. Riccardo bestand darauf, im Mittelpunkt zu stehen, während Elena sich immer mehr in sich selbst zurückzog.

Nach dem Mittagessen am Strand beschlossen Riccardo und Elena, nach Hause zurückzukehren und ließen Luca und Sara allein am Strand zurück. Die Sonne stand hoch am Himmel, aber eine leichte Brise sorgte für eine angenehme Luft.

Sara stand auf und schüttelte sich den Sand von den Beinen. „Komm, ich möchte dir etwas zeigen."

Luca folgte ihr am Ufer entlang bis zu einem kleinen Felsvorsprung mit Blick auf das Meer. Von dort aus war die Aussicht spektakulär: Das Wasser glitzerte im Sonnenlicht und die Wellen schlugen sanft gegen die Felsen darunter.

„Das ist mein Lieblingsort", sagte Sara, während sie auf einem der Felsen saß.

Luca saß neben ihr und blickte zum Horizont. "Es ist wunderschön."

Sara sah ihn kurz an, mit einem schüchternen Lächeln, das Luca noch nie zuvor bei ihr gesehen hatte. „Ich komme hierher, wenn ich allein sein möchte. Aber heute... heute wollte ich es mit Ihnen teilen."

Luca spürte, wie sein Herz schneller schlug. „Danke", murmelte er und wusste nicht, was er sonst sagen sollte.

Sie saßen eine Weile schweigend da und lauschten dem Rauschen der Wellen. Dann drehte sich Sara zu ihm um, mit einem Blick, der in ihren Augen nach etwas zu suchen schien.

„Luca... bist du glücklich, hier zu sein?" fragte er.

„Ja", antwortete er ohne zu zögern. „Mehr als ich dachte."

Sara lächelte. "Ich auch. Ich mag es, dass du ... anders bist."

"Anders?" fragte Luca neugierig.

"Ja. Du versucht nicht immer, der Stärkste oder der Witzigste zu sein. Du bist... du selbst."

Luca wusste nicht, was er sagen sollte. Er spürte, wie seine Wangen heiß wurden und sein Herz so laut schlug, dass er glaubte, Sara könnte es hören.

Dann näherte sie sich langsam, ohne etwas zu sagen. Ihre Gesichter waren so nah beieinander, dass Luca jede Nuance in seinen Augen erkennen konnte.

Der Kuss war kurz, süß und voller Emotionen, die Luca noch nie zuvor gespürt hatte. Als sie sich lösten, lächelte Sara und drehte sich zum Meer um, als wäre nichts passiert.

Luca blickte sie jedoch weiterhin an und eine Mischung aus Überraschung und Freude erhellte sein Gesicht.

An diesem Abend legte sich Luca ins Bett und ließ das Fenster offen, sodass die frische Nachtluft hereinkam. Er dachte an alles: an die Villa, den Tag am Strand und vor allem an den Moment mit Sara.

Er wusste nicht, was dieser Kuss bedeutete, aber er spürte, dass sich etwas in ihm verändert hatte. Ihm wurde klar, dass dieser Sommer anders war als alle anderen und dass er selbst sich veränderte.

Mit Blick auf den Sternenhimmel flüsterte Luca vor sich hin: *„Vielleicht ist das erst der Anfang.“*

Ein verbotener Tauchgang

Es war ein ungewöhnlich heißer Tag, selbst für den Sommer 1980. Die Sonne brannte gnadenlos und der Strand war voller Familien, Kinder und Straßenverkäufer, die am Ufer entlang spazierten und „Eis! Frische Getränke!»" riefen.

Die Gruppe hatte sich wie üblich unter ihrem Schirm versammelt, doch die Atmosphäre war unruhig. Riccardo sah gelangweilt aus, er saß mit verschränkten Armen da und in seiner Sonnenbrille spiegelte sich das Meer. Sara hingegen spielte mit dem Sand und zeichnete mit einem Zweig zufällige Muster nach.

„Wir können nicht den ganzen Tag hier bleiben wie alte Leute", sagte Riccardo und brach das Schweigen. „Ich habe eine Idee."

Luca blickte von dem Buch auf, das er gerade las. „Welche Idee?"

Riccardo beugte sich vor, sein herausforderndes Lächeln war deutlich sichtbar. „Lass uns in die verbotene Bucht gehen."

Elena versteifte sich und Sara sah ihn mit einer Mischung aus Neugier und Vorsicht an.

„Die verbotene Bucht? Bist du verrückt?" Fragte Sara.

„Es ist nicht wirklich verboten", antwortete Riccardo mit einem Hauch von Überlegenheit. „Es gibt nur einige starke Strömungen. Aber wir sind alt genug, um uns ihnen zu stellen. Und dann, wehr möchte uns sehen?"

Elena schüttelte den Kopf. „Es scheint keine gute Idee zu sein. Wenn es verboten ist, muss es einen Grund geben."

„Ach, komm schon! Es ist nur ein kleines Abenteuer. Bist du nicht neugierig, wie es ist?" beharrte Riccardo und sah Luca an.

Luca zögerte. Er wusste, dass Riccardo immer versuchte, etwas zu beweisen, aber ein Teil von ihm fühlte sich von der Idee angezogen. Er wollte nicht feige wirken.

„Okay", sagte er schließlich.

Sara lächelte. "Ich komme."

Elena seufzte widerstrebend. „Wenn ihr geht, dann komme ich auch."

Die Verbotene Bucht lag hinter einer Klippen und Dünen strecke, verborgen vor der Sicht auf den Hauptstrand. Der Weg dorthin war schmal und steinig, gesäumt von Ginsterbüschen und dornigen Sträuchern.

Während sie gingen, unterhielt sich die Gruppe, aber ein Hauch von Anspannung lag in der Luft. Elena schwieg und ging hinter allen her, während Riccardo die Gruppe souverän anführte, als wäre er ihr Kommandant.

„Wenn diese Bucht so gefährlich ist, warum schließt sie dann eigentlich niemand?" fragte Luca und versuchte seine Besorgnis zu verbergen.

„Es ist nur eine Legende", antwortete Riccardo. „Die Leute lieben es, viel Aufhebens zu machen, um den Kleinen jungs Angst zu machen."

Sara, die neben Luca ging, drehte sich zu ihm um. "Und du? Hast du Angst?"

„Vielleicht ein bisschen", gab Luca zu. „Aber ich denke, es ist normal."

Sara lächelte. "Ich auch. Aber ich denke, es wird Spaß machen."

Als sie endlich die Bucht erreichten, raubte ihnen die Aussicht den Atem.

Die Bucht war ein kleines verstecktes Stück Paradies. Der Sand war weiß und fein und das Wasser hatte eine intensive blaue Farbe, die fast unwirklich wirkte. Dunkle Felsen ragten wie stille Riesen aus dem Wasser, und auf der rechten Seite erhob sich imposant eine mit Vegetation bedeckte Klippe.

„Wow", murmelte Elena und brach ihr Schweigen.

„Ich habe es dir gesagt", sagte Riccardo mit einem zufriedenen Lächeln. „Es hat sich gelohnt, nicht wahr?"

Die Gruppe näherte sich dem Wasser und zog ihre Schuhe aus, um den kühlen Sand unter ihren Füßen zu spüren. Die Wellen waren hier stärker und die ständige Bewegung ließ das Meer lebendig und unruhig erscheinen.

„Die Strömung scheint wirklich stark zu sein", beobachtete Luca und blickte aufmerksam auf das Wasser.

„Deshalb ist es verboten", sagte Sara. „Aber wenn wir nah am Ufer bleiben, wird uns nichts passieren."

Riccardo lachte. „Was nützt es, wenn wir in Küstennähe bleiben? Ich gehe weiter."

Riccardo verschwendete keine Zeit. Mit einer selbstbewussten Geste sprang er ins Wasser, tauchte vollständig unter und tauchte kurz darauf mit einem triumphierenden Lächeln wieder auf.

«Komm, es ist fantastisch!» schreit er.

Sara folgte ihr und tauchte anmutig. Luca ging ebenfalls ins Wasser, allerdings mit größerer Vorsicht, und spürte sofort die Kraft der Strömung unter seinen Füßen.

Elena blieb am Ufer und beobachtete die anderen besorgt. "Seit ihr vorsichtig!"

„Kommst du auch!" Sagte Sara und so zu versuchen sie zu ermutigen.

Elena schüttelte den Kopf. „Gefällt mir nicht. Es ist zu stark."

Während Riccardo immer weiter vordrang, blieben Sara und Luca nah am Ufer, lachten und bespritzten sich gegenseitig mit Wasser. Doch die Strömung nahm plötzlich an Intensität zu und zog Riccardo von seiner Position weg.

„Riccardo!" Schrie Sara wann hat bemerkt, dass der Junge Schwierigkeiten hatte, über Wasser zu bleiben.

Luca drehte sich um und sah, wie Riccardo mit den Armen wedelte. „Es passiert etwas!"

Sara zögerte nicht. Sie begann auf ihn hinzuschwimmen, doch auch sie wurde von der Strömung mitgerissen.

Luca spürte, wie sein Herz schneller schlug. Er war kein erfahrener Schwimmer, aber er durfte Sara und Riccardo nicht in Gefahr bringen. Er begann mit aller Kraft zu schwimmen und versuchte, sie zu erreichen.

Die Strömung war stärker, als Luca gedacht hatte, aber es gelang ihm, Sara zu erreichen, die versuchte, Riccardo zu helfen. Gemeinsam gelang es den beiden, ihn zum Ufer zu zerren, wo Elena mit einem Gesicht voller Angst auf sie wartete.

Als sie endlich den Sand erreichten, waren alle drei erschöpft. Riccardo lag schwer atmend auf dem Rücken.

„Was zum Teufel hast du dir dabei gedacht?" Sagte Sara wütend.

Riccardo antwortete nicht sofort. Er sah Luca an, der immer noch keuchend neben ihm saß. „Danke", murmelte er schließlich.

Die Gruppe saß eine Weile am Strand und erholte sich von dem, was passiert war. Riccardo wirkte bescheidener als sonst, während Elena endlich den Mut fand, zu sprechen.

„Das war Wahnsinn", sagte sie mit zitternder Stimme. „Wir hätten dich verlieren können."

Riccardo senkte den Blick. "Du hast Recht. Es ist meine Schuld. Ich war dumm."

Luca schaute auf das Meer, das harmlos und schön schien, aber er wusste, dass es unter dieser Oberfläche eine Kraft verbarg, die sie nicht kontrollieren konnten.

Sara kam auf ihn zu. „Du warst unglaublich", sagte sie ihm leise.

Luca errötete. „Ich habe einfach getan, was ich tun musste."

„Nein", beharrte Sara. „Du hast mehr getan."

Als sie zurückgingen, war die Gruppe still, jeder war in seine eigenen Gedanken versunken. Riccardo ging ganz hinten, weit entfernt von seiner üblichen Anführer-Haltung. Sara ging neben Luca, der eine Mischung aus Stolz und Erleichterung verspürte. Elena hingegen wirkte selbstbewusster. Zum ersten Mal kam sie zu Wort und fühlte sich dadurch auf eine neue Art und Weise Teil der Gruppe.

Als sie an ihrem Strand ankamen, ging die Sonne gerade unter und färbte den Himmel orange und lila. Es war ein langer Tag gewesen, aber jeder wusste, dass dieser Moment sie verändert hatte.

Am Tag nach dem Vorfall in der Verbotenen Bucht befand sich die Gruppe am Strand, doch etwas hatte sich geändert. Der Enthusiasmus und die Unbeschwertheit, die sie bis zu diesem Moment begleitet hatten, schienen verflogen zu sein und durch eine angespannte Stille ersetzt worden zu sein.

Riccardo war seltsam schweigsam und saß allein da, mit den Blick auf den Horizont gerichtet. Sara und Luca sprachen mit leiser Stimme und tauschten ein wissendes Lächeln aus, während Elena wie immer für sich blieb und mit einem Ast im Sand zeichnete.

Am Strand herrschte das übliche sommerliche Treiben: Kinder rannten zwischen den Sonnenschirmen umher, Granita-Verkäufer liefen umher und riefen Angebote, und das Meer plätscherte weiterhin ruhig an der Küste. Doch für sie schien dieser Tag anders zu sein.

Riccardo ging nicht mehr aus dem Kopf, was in der Bucht passiert war. Er war es gewohnt, der Anführer zu sein und zu befehlen, aber zum ersten Mal musste er sich mit seiner eigenen Verletzlichkeit auseinandersetzen. Luca hatte ihn gerettet, und das tat ihm mehr weh, als er zugeben wollte.

Als er die Gruppe aus der Ferne beobachtete, spürte Riccardo, wie ein Gefühl der Ausgrenzung aufkam. Sara lachte mit Luca und sogar Elena schien sich bei ihnen wohler zu fühlen. Er hatte immer geglaubt, er sei das Herzstück der Gruppe, aber jetzt fühlte er sich ausgeschlossen.

„Was machst du da alleine?" fragte Sara und kam näher.

„Nichts", antwortete er und versuchte, gleichgültig zu klingen.

„Du solltest mit uns kommen. Luca möchte die Klippe genauer betrachten.»

Riccardo sah sie mit einem gezwungenen Lächeln an. „Natürlich, Luca. Immer Luca."

Sara blieb verwirrt stehen. "Wie meinst du das?"

Riccardo schüttelte den Kopf und stand auf. "Nichts. Ihr konnte gehen. Ich bleibe hier."

Luca, Sara und Elena entschieden sich trotzdem zu gehen. Die Klippe war einer der schönsten Orte im Dorf, ein felsiger Vorsprung mit Blick auf ein kristallklares Meer. Der Weg dorthin war steil und von wilden Lavendel -büschen gesäumt, deren Duft die Luft erfüllte. Elena ging neben Sara her, die weiterhin begeistert über neue Pläne für das Zufluchtsort sprach. Luca, der hinter ihnen stand, schaute schweigend zu und genoss die Aussicht.

Als sie oben angekommen waren, blieben sie stehen, um auf das Meer zu schauen. Die Aussicht war atemberaubend: Das Wasser glitzerte in der Nachmittagssonne und der Wind brachte das Geräusch der Wellen mit sich, die gegen die Felsen schlugen.

„Es ist wunderbar", sagte Elena und holte ihr Skizzenbuch hervor.

„Weißt du, dass du wirklich gut bist?" sagte Luca, während er sich eine ihrer Skizzen ansah.

Elena errötete. "Danke schön. Es ist nur ein Hobby."

„Du solltest sie mehr Leuten zeigen", betonte Luca. „Du bist talentiert."

Sara beobachtete die Szene ohne etwas zu sagen, doch ihr Lächeln verschwand für einen Moment.

An diesem Abend war die Atmosphäre in der Zufluchtsort erneut angespannt. Riccardo hatte sich ihnen angeschlossen, aber seine Haltung war distanziert. Sara hingegen schien sich über etwas zu ärgern, auch wenn sie versuchte, es zu verbergen.

„Luca, warum erzählst du nicht deine Lieblingsgeschichte?" Sagte Elena um zu versuchen, die Luft aufzuhellen.

Luca lächelte. „Es gibt ein Buch, das ich kürzlich gelesen habe. Es geht um eine Gruppe von Kindern, die in einer Höhle eine versteckten Schatz finden."

„Oh, natürlich, Luca und seine perfekten Geschichten", mischte sich Riccardo sarkastisch ein.

Riccardos Ton ließ alle erstarren. „Was bedeutet das?" fragte Sara und warf ihm einen strengen Blick zu.

„Nichts", antwortete er achselzuckend. «Es ist nur so, dass Luca immer die richtige Antwort zu haben scheint."

Luca sah Riccardo an und spürte, wie eine Spannung in ihm wuchs. „Wenn du etwas zu sagen hast, sagen Sie es."

„Vielleicht werde ich das tun", antwortete Riccardo, stand auf und verließ das Zufluchtsort.

Sara folgte ihm und ließ Elena und Luca allein.

Draußen, unter dem Sternenhimmel, gesellte sich Sara zu Riccardo.

„Was ist los mit dir?" fragte sie ihn und verschränkte die Arme.

Riccardo drehte sich zu ihr um. „Was ist los mit mir? Verstehst du das wirklich nicht? Seit Luca angekommen ist, scheint sich alles um ihn zu drehen."

Sara sah ihn ungläubig an. „Das ist nicht wahr."

„Oh nein? Du verbringst deine ganze Zeit mit ihm. Und jetzt ist auch Elena ist auf seiner Seite."

Sara seufzte und schüttelte den Kopf. „Riccardo, es ist kein Wettbewerb. Wir sind eine Gruppe."

„Nicht für mich", murmelte er, bevor er in die Nacht verschwand.

Im Zufluchtsort unterhielten sich Elena und Luca. Das Mädchen wirkte entspannter als sonst und Luca bemerkte zum ersten Mal, wie süß und ruhig sie war.

„Weißt du", sagte Elena und senkte den Blick, „es fällt mir nicht leicht, mit anderen zusammen zu sein. Ich fühle mich immer... unsichtbar.»

Luca sah sie überrascht an. „Aber das bist du nicht. Du hast etwas Besonderes. Ich sehe es in deinen Zeichnungen und in der Art, wie du redest."

Elena lächelte unerheblich. "Danke schön. Du hingegen scheinst immer so selbstsicher zu sein."

Luca lachte. „Das ist nicht wahr. Ich habe auch meine Ängste."

Elena sah ihn an und für einen Moment schien sie etwas sagen zu wollen, aber sie hielt Stille.

Am nächsten Tag befand sich die Gruppe am Strand, doch die Atmosphäre war noch angespannter. Riccardo ging Luca aus dem Weg und Sara wirkte distanziert. Nur Elena schien zu versuchen, etwas Normalität aufrechtzuerhalten.

Als die Sonne unterzugehen begann, trennte sich die Gruppe. Luca blieb am Strand und schaute aufs Meer.

Sara schloss sich ihm kurz darauf an. „Hey", sagte sie und setzte sich neben ihn.

„Hey", antwortete er, ohne sich umzudrehen.

Es herrschte eine lange Stille, die nur vom Rauschen der Wellen unterbrochen wurde.

„Das mit Riccardo tut mir leid", sagte Sara schließlich. „Manchmal kann er wirklich schwierig sein."

Luca zuckte mit den Schultern. „Es spielt keine Rolle. Aber ich frage mich, warum er so wütend auf mich ist."

Sara sah ihn an, antwortete aber nicht. Sie wusste, dass Riccardo eifersüchtig war, aber sie war nicht bereit, es laut zuzugeben.

Als es Abend wurde, traf sich die Gruppe auf Wunsch von Riccardo wieder in der Zufluchtsort. Trotz der Spannungen beschlossen sie, ein Versprechen abzugeben: vereint zu bleiben, egal was passierte.

„Wir sind ein Team", sagte Sara und versuchte, etwas Harmonie wiederherzustellen.

Riccardo nickte, auch wenn sein Blick immer noch einen gewissen Groll verriet. Er musste sich daran gewöhnen, nicht der Anführer zu sein.

Luca blickte die anderen an und fragte sich, ob dieses Versprechen ausreichen würde, um die Gruppe zusammenzuhalten.

Das Dorf-Fest

Am Samstagmorgen schien das ganze Dorf von einer besonderen Energie erfüllt zu sein. Die engen Gassen waren mit bunten Fahnen geschmückt, die in der Meeresbrise wehten, und der Duft von Zuckerwatte, gerösteten und frittierten Kastanien begann in der Luft zu wehen. Auf dem Hauptplatz, der normalerweise ruhig und fast menschenleer war, herrschte reges Treiben: Stände mit lokalem Kunsthandwerk, Musiker, die ihre Instrumente stimmten, und Kinder, die aufgeregt durch die Gassen jagten.

Für die Kinder war das Dorffest eines der am meisten erwarteten Ereignisse des Sommers. Es war der Moment, in dem das ganze Dorf zusammenkam: Touristen, Einwohner und Urlauber vermischten sich in einer Atmosphäre der Freude und Unbeschwertheit.

Luca war im Haus seiner Großeltern, saß auf dem Bett und versuchte, ein weißes Hemd zu in Stand zu setzen, das er eine Weile nicht getragen hatte. Sein Großvater klopfte an die Tür und erschien lächelnd.

„Bereit für die Party?" fragte er.

„Ja", antwortete Luca, obwohl er eine leichte Nervosität nicht verbergen konnte. Er dachte an Sara und daran, wie es wäre, sie an diesem Abend wiederzusehen.

Opa kam herein und richtete sein Halsband. „Weißt du, als ich jung war, war das Dorffest der perfekte Zeitpunkt, um mit einem besonderen Mädchen zu sprechen. Hast du schon eine im Kopf?"

Luca errötete und stammelte eine wenig überzeugende Antwort, aber sein Großvater lachte und verließ den Raum.

Als Luca auf dem Platz ankam, ging die Sonne gerade runter und färbte den Himmel orange und lila. Die Lichter der Stände gingen an und erzeugten eine magische Atmosphäre. Der Klang von Gelächter, Geschwätz und Live-Musik erfüllte die Luft.

Er sah Sara von weitem, die in der Nähe eines Süßigkeitenstandes mit Elena sprach. Sie trug ein hellblaues Kleid und ihr blondes Haar war zu einem lockeren Zopf gebunden. Als sie sich umdrehte und ihn sah, lächelte sie ihn an und bedeutete ihm, näher zu kommen.

„Hey, du bist zu spät!" schimpfte sie er scherzhaft.

„Nicht wirklich", antwortete er und versuchte die Emotionen zu verbergen, die sein Herz höher schlagen ließen.

Elena, neben ihr, trug eine weiße Bluse und einen langen Rock. Sie wirkte entspannter als sonst, aber ihre Augen suchten nach etwas in der Menge.

„Wo ist Riccardo?" Fragte Sara.

„Ich weiß es nicht", antwortete Luca. „Vielleicht ist er schon hier."

Kurz darauf traf Riccardo mit seiner gewohnt selbstbewussten Haltung ein. Er trug ein dunkelblaues Hemd und eine beige Hose und sah aus wie jemand, der auffallen wollte.

„Hier sind wir", sagte er und umarmte alle mit seinem Blick. „Bereit, Spaß zu haben?"

Es gab eine seltsame Spannung zwischen ihm und Luca, die keiner von beiden direkt ansprechen wollte. Riccardo ging auf Sara zu und reichte ihr eine rote Rose, die er offenbar aus einem Stand mitgenommen hatte.

„Für dich", sagte er mit einem Lächeln.

Sara sah überrascht aus, nahm die Blume aber mit einem verlegenen Lächeln entgegen. „Danke, Riccardo."

Luca schaute weg und verspürte einen Anflug von Eifersucht.

Die Gruppe begannen, das Festival zu erkunden und machten Halt an den Süßigkeiten- und Spiele-ständen. Der Klang von Akkordeons erfüllte die Luft und eine kleine Bühne war für den traditionellen Tanz aufgebaut, der später stattfinden sollte.

Elena blieb stehen, um sich einen Stand mit Gemälden anzusehen, und betrachtete mit Interesse ein Gemälde, das das Meer bei Sonnenuntergang zeigt.

„Gefällt es dir?" fragte Luca und kam näher.

„Ja", antwortete sie mit einem schüchternen Lächeln. «Es erinnert mich an unsere Tage am Strand.»

Währenddessen versuchte Riccardo Sara mit präzisen Schüssen beim Schießspiel zu beeindrucken. Als er ein Stofftier gewann, überreichte er es sie triumphierend.

„Für dich", sagte er und versuchte, beiläufig zu klingen.

„Danke", antwortete Sara, obwohl ihr Lächeln weniger aufrichtig wirkte.

Als die Musik begann, verwandelte sich der Platz in eine Tanzfläche. Es bildeten sich schnell Paare und die Jungs fanden sich mitten in der Menge wieder.

„Kommst du mit zum Tanzen?" fragte Riccardo Sara und streckte seine Hand aus.

Sie zögerte einen Moment, dann akzeptierte sie und ließ Luca und Elena allein.

Luca sah zu, wie Sara und Riccardo tanzten, und spürte einen Stich in seinem Herzen. Sie schienen entspannt zu lachen und zu scherzen, aber in Saras Bewegungen lag etwas Zwanghaftes.

Elena, die neben ihm stand, berührte leicht seinen Arm. „Willst du tanzen?"

Luca sah sie überrascht an. „Ich bin nicht gut."

„Ich auch nicht", antwortete sie lachend.

Sie schlossen sich der Tanzfläche und den Tänzern an, bewegten sich unbeholfen, hatten aber Spaß. Für einen Moment vergaß Luca seine Eifersucht und ließ sich der Leichtigkeit des Augenblicks hingeben.

Später, als die Musik langsamer wurde und die Menge sich zu zerstreuen begann, standen sich Riccardo und Luca in der Nähe des zentralen Brunnens gegenüber.

„Hast du ein Problem mit mir?" fragte Riccardo und verschränkte die Arme.

Luca starrte ihn an und versuchte ruhig zu bleiben. „Ich habe kein Problem mit dir. Aber es scheint, als hättest du eine mit mir."

Riccardo lachte bitter. „Ah, du bist also jetzt auch Psychologe? Mir gefällt einfach nicht, wie du immer versuchst, der Beste zu sein."

"ICH? Du bist derjenige, der immer im Mittelpunkt stehen möchte", antwortete Luca.

Der Tonfall der beiden begann Aufmerksamkeit zu erregen. Sara intervenierte und stellte sich zwischen die beide. „Genug, Leute! Es ist eine Party. Mach ihr nicht alles kaputt."

Nach dem Streit trennte sich die Gruppe. Luca kehrte nach Hause zurück, blieb aber am Strand stehen und setzte sich in den Sand, um nachzudenken.

Er dachte an alles, was passiert war: den Kuss mit Sara, die Spannungen mit Riccardo und die Art und Weise, wie Elena ihm näher zu sein schien. Er fühlte sich verwirrt, hin und her gerissen zwischen widersprüchlichen Gefühlen und dem Wunsch, die Gruppe zusammenzuhalten.

Als der Wind zunahm, kehrte Luca nach Hause zurück, entschlossen, einen Weg zu finden, die Dinge zu lösen.

Die Nacht des Sturms

Obwohl es ein Mittelsommernachmittag war, war der Himmel nicht wie üblich strahlend blau. Am Horizont zogen schwere graue Wolken zusammen, und in der Luft lag ein metallischer Geruch, der typische Vorgeschmack auf einen drohenden Sturm wahr.

Luca beobachtete den Himmel vom Fenster seines Zimmers aus und verspürte eine Mischung aus Aufregung und Unruhe. Er mochte Stürme: Es hatte etwas Befreiendes in der Art, wie sie alles erschütterten, Chaos brachten und dann die Ruhe wiederherstellten.

Als er am Strand ankam, um die anderen zu treffen, hatte der Wind bereits begonnen, den Sand aufzuwirbeln und kleine Spiralen zu erzeugen, die sich hektisch bewegten. Sara war bereits da, ihre Haare wehten im Wind. Er trug einen leichten Regenmantel, aber die ersten Regentropfen schienen ihm egal zu sein.

„Hast du diesen Himmel gesehen?" sagte sie und zeigte auf die dunklen Wolken, die immer näher kamen.

„Ich glaube nicht, dass es eine gute Idee ist, hier zu bleiben", antwortete Luca und blickte auf das Meer, das immer rauer wurde.

Sara lächelte. "Vielleicht. Aber ich liebe Stürme. Sie haben etwas ... Lebendiges an sich."

Sie beschlossen, zum Zufluchtsort zu gehen, um Schutz zu suchen. Riccardo und Elena gesellten sich kurz darauf zu ihnen und brachten eine Taschenlampe und einige Decken mit. Der Wind wurde stärker und es begann heftig zu regnen.

Als sie in der Hütte im Kiefernwald ankamen, hatte sich die Atmosphäre völlig verändert. Der Unterschlupf, der normalerweise einladend wirkte, wirkte unter dem grauen Himmel dunkler, fast gespenstisch. Die Holzwände knarrten leicht unter den Windböen und im Inneren war es kalt und feucht.

„Sind wir hier sicher?" fragte Elena und wickelte sich in die Decke.

„Natürlich ja", antwortete Riccardo, schaltete die Taschenlampe ein und richtete sie auf die Decke, um eine hellere Atmosphäre zu schaffen. „Diese Hütte hat viel Schlimmeres überstanden, ihr werdet sehen."

Als sich draußen der Sturm verstärkte, der Donner den Boden erschütterte und in unregelmäßigen Abständen Blitze den Wald erhellten, versammelte sich die Gruppe um eine alte Laterne, die sie mitgebracht hatten.

„Dieser Sturm ist wie aus einer Geschichte", sagte Sara und blickte auf das beschlagene Glas des Fensters.

„Gruselige Geschichte", murmelte Elena und zog ihre Knie an ihre Brust.

Riccardo räusperte sich, offensichtlich bestrebt, die Atmosphäre zu verändern. „Nun, da wir hier festsitzen, warum erzählen wir dann nicht etwas? Wie … Gruselgeschichten zum Beispiel?"

"Ernsthaft?" Sagte Elena mit einem missbilligenden Gesichtsausdruck.

Sara lachte. „Ich bin dabei. Luca, du kannst gut mit Geschichten umgehen. Hast du eins?"

Luca zögerte, nickte dann aber. "In Ordnung. Es gibt eine Legende, die ich einmal gelesen habe, über eine vergessene Insel …"

Luca begann zu erzählen. Er sprach von einer geheimnisvollen Insel, verloren mitten in einem immer stürmischen Ozean, wo Seeleute Schiffbruch erlitten und nie zurückkehrten. Er beschrieb die dunklen Höhlen und den eindringlichen Klang, der aus dem Herzen der Insel kam, ein Lied, das alle, die es hörten, in den Untergang lockte.

Seine Stimme erfüllte den Unterstand und übertönte das Geräusch des Regens. Die anderen hörten schweigend zu, eingehüllt in die Spannung der Geschichte und die Magie seiner Worte.

„Am Ende", so Luca abschließend, „weiß niemand, ob die Insel wirklich existiert." Aber manche sagen, dass man in stürmischen Nächten dieses Lied hören kann, wenn man genau hinhört ..."

Ein plötzlicher Blitz erhellte den Raum, gefolgt von einem Donnerschlag, der Elena zusammenzucken ließ.

„Perfektes Timing", sagte Riccardo lachend.

Nach der Geschichte fing die Gruppe an, über andere Dinge zu reden, aber die zugrunde liegenden Spannungen ließen nicht lange auf sich warten.

„Und du, Riccardo?" Fragte Sara. „Hast du nie vor irgendetwas Angst?"

Riccardo zuckte mit den Schultern und versuchte, gleichgültig zu wirken. „Angst ist nur eine Ausrede dafür, Dinge nicht zu tun."

"Ach ja?" Sara erwiderte. „Wie in der Bucht, als du zu weit gegangen bist? Klingt das dann wie eine Ausrede für dich?"

Im Raum wurde es still. Riccardo starrte Sara sichtlich irritiert an. „Weisst du, es war nicht meine Schuld, dass die Strömung stärker war als erwartet."

„Nein, aber es war deine Einstellung als Führungskraft, die etwas beweisen muss", antwortete Sara und verschränkte die Arme.

Luca versuchte einzugreifen. „Leute, genug. Diese ist keine Zeit zum Streiten."

Riccardo sah ihn mit kalten Augen an. „Und du, der

Gute, der alles löst? Du bist so perfekt, nicht wahr?"

Luca stand auf und versuchte ruhig zu bleiben. „Ich bin nicht perfekt, Riccardo. Und ich versuche nicht, mich in den Mittelpunkt von allem zu stellen."

Die Diskussion endete erst, als ein neuer Blitz den Raum erhellte und alle zusammenzucken ließ.

Nach dem kleinen Streit trennte sich die Gruppe. Sara und Luca blieben in der Nähe der Laterne, während Elena sich entfernte, um vom Fenster aus den Regen zu beobachten. Riccardo saß allein und spielte nervös mit einem Stück Holz, das er auf dem Boden fand.

Luca sah Sara an. „Vielleicht sind wir zu weit gegangen."

Sara seufzte. "Vielleicht. Aber Riccardo hat eine Art Dinge zu tun, die mich manchmal verrückt machen."

„Ich glaube, er hat einfach Angst davor, ausgeschlossen zu bleiben", sagte Luca.

Sara sah ihn überrascht an. "Wirklich? Daran hatte ich nicht gedacht."

„Wir haben alle Angst vor etwas", antwortete Luca. „Er auch."

Am Ende des Abends, als der Sturm nachließ, ging Riccardo sichtlich ruhiger auf die anderen zu.

„Schau, Luca", begann er und wich seinem Blick aus. „Es tut mir leid wegen vorhin. Ich war dumm."

Luca nickte und nahm die Entschuldigung an. „Es spielt keine Rolle. Wir sind alle ein bisschen nervös."

Auch Sara und Elena schlossen sich der Gruppe an und langsam entspannte sich die Atmosphäre. Sie sprachen über einfachere Dinge: ihre Träume, Pläne für den Rest des Sommers und die Dinge, die sie als Kinder gerne gemacht haben.

Als sie sich schließlich entschieden, das Zufluchtsort zu verlassen und nach Hause zurückzukehren, hatte sich der Regen in leichten Nieselregen verwandelt und der Himmel begann aufzuhellen.

Bevor sie sich trennte, machte Sara noch einen Vorschlag. „Lass uns ein Versprechen geben."

„Was für ein Versprechen?" Fragte Elena.

„Um uns nie zu verlassen. Was auch immer passiert, wir werden Freunde bleiben."

Die anderen nickten und legten symbolisch die Hände zusammen. Auch Riccardo wirkte ehrlich und für einen Moment schien alles möglich zu sein.

Die Entdeckung eine Geheimnis

Nach der Nacht des Sturms schien das Dorf in eine unwirkliche Ruhe eingehüllt zu sein. Die Luft war frisch, vom Regen gereinigt und die Sonne beleuchtete die noch feuchten Straßen. Die Blätter der Bäume leuchteten und in den Pfützen spiegelten sich Fragmente des blauen Himmels.

Luca wachte früh auf, mit einem seltsamen Gefühl der Vorfreude. Er hatte von der Zuflucht geträumt, aber im Traum war es nicht so, wie er es in Erinnerung hatte: Die Wände waren eingestürzt und der Boden war mit seltsamen Flecken bedeckt. Er schüttelte den Kopf, um den Gedanken klarzumachen, aber ein Teil von ihm konnte das Gefühl nicht loswerden.

Als er den Strand erreichte, traf er auf Sara, die Muscheln sammelte. Er trug Jeans-shorts und ein weißes T-Shirt und sah nachdenklich aus.

„Hey", begrüßte Luca sie und ließ sie leicht zusammenzucken.

„Oh, hallo", antwortete sie und blickte auf ihm.

„Ich habe darüber nachgedacht, ins Zufluchtsort zu gehen. Kommst du mit?" fragte Luca.

Als die beiden am Zufluchtsort ankamen, blieben sie am Eingang stehen. Etwas stimmte nicht. Die Türen, die sie normalerweise sorgfältig schlossen, standen offen, und eines der Bretter schien verschoben worden zu sein.

„Haben wir sie so zurückgelassen?" Fragte Sara mit unsicherer Stimme.

Luca schüttelte den Kopf. „Ich glaube nicht."

Sie gingen langsam hinein und das Innere des Zufluchtsort sah anders aus. Jemand war dort: Der Tisch war bewegt, und im Staub des Bodens waren große Fußabdrücke zu sehen.

„Am Wind kann es nicht gelegen sein", sagte Sara.

Luca bückte sich, um die Fußabdrücke zu untersuchen. „Sie sind neu."

Kurz darauf kamen Riccardo und Elena hinzu. Sogar Riccardo schien trotz seines üblichen Selbstvertrauens von der Situation beunruhigt zu sein.

„Wer könnte es gewesen sein?" fragte Elena und sah sich nervös um.

„Jemand muss unsere Zufluchtsort gefunden haben", sagte Sara und ballte ihre Hände zu Fäusten. „Aber wie?"

„Vielleicht sind sie uns gefolgt", vermutete Riccardo mit stirnrunzelnder Miene.

Luca, der eine der Wände aufmerksam beobachtete, fand etwas Ungewöhnliches. Ein Wort war in das Holz geschnitzt, als hätte es jemand mit einem Messer geschrieben.

"Geht ihr zurück."

Der Anblick dieser Worte ließ die Gruppe verstummen.

Während sie versuchten herauszufinden, was passiert war, fand Elena einen Gegenstand, der unter einem der Dielenbretter versteckt war. Es war ein altes Tagebuch, in Leder gebunden, mit altersbedingt vergilbten Seiten.

„Seht ihr das an", sagte sie und zeigte den anderen das Tagebuch.

Sara öffnete es vorsichtig. Die ersten Seiten waren voller Zeichnungen: Karten des Waldes, Skizzen des Zufluchtsort und seltsame Figuren, die etwas zu symbolisieren schienen.

„Wer hat es geschrieben?" fragte Luca und blätterte durch die Seiten.

Sara las ein Fragment vor: „Dieser Ort ist ein Geheimnis und kann nicht vergessen werden. Wer es findet, muss es respektieren."

„Vielleicht gehörte es jemandem, der vor langer Zeit hier gelebt hat", schlug Elena vor.

„Oder vielleicht an denjenigen, der diese Nachricht an der Wand hinterlassen hat", fügte Riccardo mit düsterem Blick hinzu.

Entschlossen, mehr herauszufinden, beschlossen sie, den umliegenden Wald zu erkunden. Als sie tiefer in die Bäume vordrangen, fanden sie weitere Anzeichen: kleine Schnitzereien an den Stämmen, kreisförmig angeordnete Steine und die Überreste eines alten Lagerfeuers.

„Jemand nutzt diesen Ort seit Jahren", bemerkte Sara.

„Aber wer? Und warum?" fragte Luca und versuchte, die Teile zusammenzusetzen.

Elena fand einen teilweise im Boden vergrabenen Gegenstand: einen rostigen Schlüssel. Sie hielt es hoch und betrachtete es neugierig. „Was glaubst ihr, was das öffnet?"

„Vielleicht etwas im Zufluchtsort", sagte Riccardo.

Als sie zum Zufluchtsort zurückkehrten, hörten sie ein Geräusch in den Bäumen. Die Gruppe blieb stehen und hielt den Atem an.

„Wer ist da?" schrie Riccardo und versuchte, mutig zu klingen.

Es kam keine Reaktion, aber ein Schatten bewegte sich schnell durch die Bäume.

„Wir müssen ihm folgen", sagte Sara, nahm Luca bei der Hand und zog ihn vorwärts.

Sie folgten dem Schatten bis zu einer Lichtung, wo sie einen älteren Mann fanden, einfach gekleidet, mit Strohhut. Er kauerte neben einem kleinen Bett aus Zweigen und Blättern.

"Wer seit ihr?" fragte der Mann mit rauer, aber nicht feindseliger Stimme.

„Und wer bist du?" antwortete Sara.

Der Mann beobachtete sie mit aufmerksamen Augen. „Mein Name ist Antonio. Dieser Ort gehörte vor langer Zeit mir."

Antonio erklärte, dass das der Zufluchtsort von ihm und seinen Freunden gebaut worden sei, als sie jung waren, genau wie ihr Heute . Es war ihr eine besonderer Ort gewesen, ein Zufluchtsort abseits der Welt. „Aber mit der Zeit sind wir gegangen. Die Dinge ändern sich und die Menschen wachsen", sagte er mit einem traurigen Lächeln.

„Und das Tagebuch?" Fragte Elena.

Antonio nickte. „Es war meins. Ich habe es hier gelassen, in der Hoffnung, dass jemand es findet und sich weiterhin um diesen Ort kümmert."

„Und die Botschaft an der Wand?" Riccardo bestand darauf auf eine Antwort.

Der Mann runzelte die Stirn. „Das war nicht ich. Vielleicht hat jemand anderes diesen Ort gefunden. Jemand, der es nicht teilen wollte."

Die Gruppe unterhielt sich stundenlang mit Antonio und lauschte seinen Geschichten über Abenteuer und Freundschaften. Als er schließlich ging, hinterließ er ihnen ein Versprechen.

„Kümmertet euch um diesen Ort", sagte er, bevor er im Wald verschwand.

Die Jungen kehrten mit neuem Verantwortungsbewusstsein ins Zufluchtsort zurück. Sie beschlossen, den Schaden zu reparieren und ihr

Geheimnis zu schützen, wie Antonio es vor ihnen getan hatte.

Die Entdeckung des Tagebuchs und das Treffen mit Antonio hatten ihnen eine neue Perspektive auf den Wert der Zufluchtsort und die Bedeutung ihrer Freundschaft gegeben. Die Gruppe gravierte eine neue Botschaft in das Holz des Zufluchtsort: *„Für immer Freunde. Für immer zusammen."*

Die Fahrradtour

Der Morgen war klar und warm, mit klarem Himmel und einer leichten Brise, die den Geruch des Meeres ins Dorf trug. Die Jungs hatten sich in der Nähe der kleinen Strandbar getroffen, aber die Atmosphäre war anders. Die Entdeckung des Grundes für die Zufluchtsort und die Begegnung mit Antonio hatten sie noch näher zusammengebracht, und jeder von ihnen verspürte den Wunsch, etwas Besonderes zu tun, bevor der Sommer zu vergehen begann.

„Lass uns einen Ausflug machen", sagte Sara plötzlich mit einem schelmischen Lächeln.

„Was für eine Ausflug?" fragte Riccardo und hob eine Augenbraue.

Sara wandte sich dem Meer zu und zeigte auf den Horizont. „Ein paar Kilometer von hier entfernt liegt eine versteckte Bucht. Man sagt, es sei wunderschön, mit einem weißen Kieselstrand und dem klarsten Wasser, das Sie je gesehen haben. Wir könnten mit dem Fahrrad dorthin fahren.

Luca strahlte bei diesem Gedanken. „Klingt großartig."

Elena hingegen schien zögerlich. „Wie weit ist es?"

„Nicht zu viel", antwortete Sara, obwohl der Ton ihrer Stimme nicht ganz überzeugend war.

Riccardo lächelte. „Ich bin dabei. Es wird ein Abenteuer sein."

Den Rest des Vormittags verbrachten die Jungs damit, sich fertig zu machen. Sie nahmen die Fahrräder mit, die sie für den Sommer mitgebracht hatten: Lucas Fahrrad war ein altes Rennrad seines Großvaters mit leicht rostigem Rahmen, während die von Sara ein moderneres Mountainbike in leuchtendem Rot Farbe.

Sie brachten Sandwichs, Wasser und eine alte Karte mit, die Riccardo im Zufluchtsort gefunden hatte. Trotz ihres anfänglichen Zögerns fügte Elena eine Picknick decke und ihr Skizzenbuch hinzu.

Das Dorf war an diesem Morgen voller Leben, Kinder spielten auf der Straße und ältere Menschen unterhielten sich auf den Bänken. Als die Gruppe losfuhr, knirschten die Räder der Fahrräder auf dem Kopfsteinpflaster und die Aufregung war spürbar.

Die erste Etappe der Reise führte sie durch das Herz des Dorfes. Sie kamen am Hauptplatz vorbei, wo noch immer die Stände vom Fest vom vergangenen Samstag standen und die Verkäufer langsam ihre Zelte abbauten.

„Tagsüber sieht alles anders aus", stellte Elena fest und blickte sich um.

„Ja, aber es hat trotzdem seinen Charme", antwortete Luca und trat neben ihr mit die Pedale.

Sara führte die Gruppe an und rief gelegentlich Anweisungen, welche Straße sie nehmen sollten, während Riccardo das Schlusslicht bildete und sein gewohntes Selbstvertrauen unter Beweis stellte.

Nach dem Verlassen des Dorfes wurde die Strecke rauer. Die Asphaltstraße wich einem unbefestigten Weg, der sich durch goldene Weizenfelder und jahrhundertealte Olivenbäume schlängelte.

Die Schönheit der Landschaft war atemberaubend: Schmetterlinge tanzten über Wildblumen, ein mit Weinreben bewachsener Hügel erstreckte sich so weit das Auge reichte und der Gesang der Zikaden erfüllte die Luft.

Der Weg war jedoch anspruchsvoller als erwartet. Elena, die es nicht gewohnt war, in unwegsamem Gelände zu radeln, wurde langsamer.

„Alles in Ordnung?" fragte Luca und blieb neben ihr stehen.

„Ja, es ist nur ein bisschen anstrengend", antwortete sie und wischte sich den Schweiß von der Stirn.

Riccardo blieb etwas weiter stehen und lehnte sein Fahrrad gegen einen Baum. „Komm schon, wir können nicht alle fünf Minuten anhalten."

Sara sah ihn mit strenger Mimik an. „Nicht jeder ist so athletisch wie du, Riccardo. Lass uns eine Pause machen."

Sie blieben unter einem großen Olivenbaum stehen, dessen Zweige angenehmen Schatten spendeten. Sara holte eine Wasserflasche heraus und reichte sie Elena, die dankbar annahm.

„Habt ihr diese Aussicht gesehen?" Sagte Luca und zeigte auf den Hügel vor ihnen.

Elena nickte lächelnd. "Es ist wunderschön. Die Mühe lohnt sich."

Riccardo, der auf einem Felsen saß, beobachtete die Gruppe schweigend. Er hatte das Gefühl, dass sich etwas zwischen ihnen veränderte, aber er wusste nicht, wie er es beschreiben sollte.

Nachdem sie sich ausgeruht hatten, setzten sie ihre Reise fort, mit dem Entschluss, die Bucht noch vor Mittag zu erreichen.

Der Weg führte sie schließlich zu einem steilen Abstieg, von dem aus sie das Meer sehen konnten. Plötzlich tauchte die versteckte Bucht auf: eine von hohen Klippen geschützte Bucht mit einem weißen Kieselstrand, der in der Sonne glitzerte.

«Wir haben es geschafft!» rief Sara und hob siegreich die Arme.

Elena sah erleichtert aus. „Sie ist noch schöner, als du beschrieben hast."

Riccardo lächelte. „Worauf warten wir also? Lass uns gehen."

Sie ließen ihre Fahrräder oben auf der Klippe stehen und gingen zu Fuß hinunter und folgten einem kleinen Pfad, der sich durch die Büsche schlängelte.

Der Strand war menschenleer und das Wasser so klar, dass man die Kieselsteine auf dem Meeresboden sehen konnte. Die Jungen zogen ihre Schuhe aus, gingen zum Meer und ließen die Wellen an ihren Füßen plätschern.

„Es ist perfekt", sagte Luca und schloss die Augen, um die Meeresbrise zu genießen.

Elena setzte sich auf einen Felsen und holte ihr Skizzenbuch hervor. „Ich muss diesen Moment einfangen", sagte sie und begann, Linien auf das Papier zu zeichnen.

Riccardo und Sara sprangen lachend und bespritzend ins Wasser. Luca beobachtete sie und verspürte eine Mischung aus Glück und Nostalgie. Er wusste, dass der Sommer nicht ewig dauern würde und er wollte jeden Moment genießen.

Nach dem Mittagessen, während die Gruppe am Strand entspannte, machte Riccardo eine Bemerkung, die die Harmonie störte.

„Vielleicht sollten wir morgen wiederkommen, nur wir beide", sagte er mit einem verschmitzten Lächeln zu Sara.

Luca sah ihn an und spürte eine Welle der Eifersucht. „Warum morgen? Wir sind jetzt alle hier."

Riccardo zuckte mit den Schultern. „Es war nur eine Idee. Es besteht keine Notwendigkeit, eine Szene zu machen."

„Ich mache keine Szene", antwortete Luca mit festem Ton.

Die Spannung wuchs schnell, bis Sara eingriff. „Genug, ihr zwei! Warum könntet ihr nicht wie Freunde verhalten?"

Der kleine Streit hinterließ einen Schatten auf den Rest des Tages. Luca entfernte sich von der Gruppe und setzte sich auf einen Felsen, um das Meer zu beobachten. Kurz darauf gesellte sich Sara mit besorgter Miene zu ihm.

„Alles in Ordnung?" fragte sie.

„Ja", antwortete er, obwohl sein Ton die Wahrheit verriet.

Sara saß neben ihm. „Schau mal, ich weiß, dass Riccardo manchmal schwierig sein kann. Aber wir müssen einen Weg finden, miteinander klarzukommen."

Luca nickte, wohl wissend, dass er recht hatte. „Ich möchte nicht alles ruinieren. Aber manchmal scheint es, als er will sich immer in den Mittelpunkt stellen."

Als die Sonne unterzugehen begann, bereitete sich die Gruppe auf die Rückkehr vor. Der Aufstieg zu den Fahrrädern war anstrengend, aber der Ausblick bei Sonnenuntergang machte alles erträglicher.

Als sie in Richtung Dorf radelten, schienen die Spannungen langsam zu verschwinden und am einem neuen Bewusstsein Platz zu machen. Sie wussten, dass sie trotz der Schwierigkeiten etwas Besonderes sie verbindet.

Ein Sommer, der alles verändert

Das Morgenlicht spiegelte sich in den ruhigen Wellen des Meeres, doch in der Luft lag etwas anderes, etwas besonders. Vielleicht war es die Stille, die ausgeprägter war, oder der Gesang der Zikaden, der melancholischer als sonst wirkte. Die Jungs trafen sich wie immer am Strand, aber an diesem Tag redete niemand viel.

Luca saß mit den Ellenbogen auf den Knien und beobachtete den Horizont. Sara spielte mit einer Muschel zwischen ihren Fingern, während Elena in ihr Notizbuch zeichnete und versuchte, den klaren Himmel über ihnen einzufangen. Riccardo hingegen warf flache Steine ins Wasser und bildete so kleine Kreise, die sich langsam vergrößerten.

„Meine Eltern haben mir gesagt, dass wir in zwei Wochen nach Hause zurückkehren", sagte Sara plötzlich und brach das Schweigen.

Luca drehte sich mit einem Ausdruck der Überraschung und Traurigkeit zu ihr um sagte. "Wirklich?"

Sara nickte. „Ja. Ich möchte nicht gehen, aber ich habe keine Wahl."

Saras Worte schienen etwas in den anderen zu erwecken. Elena senkte den Blick, während Riccardo mitten im Start ein Wurf innehielt.

„Meine Eltern haben auch darüber gesprochen, zurückzukehren", sagte Elena leise. „Ich möchte nicht, dass dieser Sommer zu Ende geht."

Luca spürte, wie sich seine Brust zusammenzog. Es war, als würde die Zeit, die bis dahin unendlich schien, plötzlich schneller zu gehen.

Sie beschlossen, den Nachmittag in der Schutzhütte zu verbringen, dem Ort, der zum Symbol ihrer Freundschaft geworden war. Als sie ankamen, stand die Sonne hoch am Himmel und der Schatten der Bäume bot etwas Abwechslung von der Hitze.

Riccardo holte eine alte Kiste heraus, die er zu Hause gefunden hatte und die voller Gegenstände war, die er im Sommer gesammelt hatte: eine riesige Muschel, eine alte rostige Münze und sogar ein Stück Holz, in das er ihr geheimes Symbol eingraviert hatte, eine Buchstabenkombination, die Folgendes darstellte: ihre Namen.

„Ich dachte, wir könnten alles hier lassen, als Andenken an diesen Sommer", sagte er und stellte die Kiste in eine Ecke des Zufluchtsort.

„Das ist eine wunderschöne Idee", sagte Elena lächelnd.

Während sie die Kiste aufstellten, begannen sie sich an die schönsten Momente zu erinnern, die sie gemeinsam verbracht hatten: die Nacht des Sturms, die Radtour und sogar das Abenteuer in der verlassenen Villa.

„Wir haben so viel erlebt", sagte Luca mit einem nostalgischen Lächeln.

„Und es wird noch anderes geben", fügte Sara hinzu und versuchte, ihre Melancholie zu verbergen.

Elena, die auf einer Decke am Fenster des Zufluchtsort saß, holte ihr Skizzenbuch hervor. Nach kurzem Zögern riss er ein paar Seiten heraus und faltete sie sorgfältig.

"Was machst du?" fragte Sara und kam näher.

„Ich schreibe Briefe für jeden von euch", antwortete Elena. „Wenn wir also weg sind, können Sie sie lesen und sich an mich erinnern."

Sara lächelte, aber ihre Augen füllten sich mit Tränen. „Was für eine süße Idee, Elena. Wir sollten es alle tun."

Den Rest des Nachmittags verbrachten sie damit, Briefe zu schreiben und die Seiten mit Erinnerungen, Emotionen und Versprechen zu füllen. Als sie fertig waren, tauschten sie Briefe aus und versprachen, sie erst zu öffnen, wenn sie nach Hause zurückkehrten.

An diesem Abend beschlossen sie, am Strand ein Lagerfeuer anzuzünden, um den Sommer und ihre Freundschaft zu feiern.

Der Feuerschein tanzte über ihre Gesichter, während sich das Knistern der Flammen mit dem Rauschen der Wellen vermischte.

„Ich werde euch vermissen", sagte Sara und brach das Schweigen.

„Wir werden dich auch vermissen", antwortete Luca und sah ihr in die Augen.

Riccardo, der am Feuer saß, wirkte ruhiger als sonst. „Wisst ihr, das war der beste Sommer meines Lebens", gab er zu.

Elena lächelte. "Für mich auch. Ich hatte noch nie Freunde wie ihr."

Sie redeten, lachten und sangen stundenlang, bis das Feuer erlosch und der Himmel sich mit Sternen füllte.

Als die anderen am Strand einschliefen, blieben Luca und Sara wach und saßen zusammen. Das Meer glitzerte im Mondlicht und die Luft war frisch und duftend.

„Was wirst du tun, wenn du nach Hause zurück kommst?" fragte Luca und brach das Schweigen.

Sara zuckte mit den Schultern. "Ich weiß es nicht. Ich werde wahrscheinlich zur gewohnten Routine zurückkehren. Und du?"

„Ich weiß es auch nicht", antwortete Luca. „Aber ich weiß, dass ich jeden Tag an diesen Sommer denken werde."

Sara lächelte. "Ich auch."

Einen Moment lang schwiegen sie und blickten einander in die Augen. Dann kam Sara näher und legte ihren Kopf auf Lucas Schulter.

„Danke", sagte sie leise.

"Wofür?" fragte er.

„Dafür, dass du im diesen Sommer mein bester Freund warst."

Luca verspürte einen Anflug von Gefühlen, aber er antwortete nicht. Er wusste, dass diese Worte mehr bedeuten würden, als Sara sich vorstellen konnte.

Als die Sonne aufging, tauchte der Strand in ein goldenes Licht. Die Jungen wachten einer nach dem anderen auf, müde, aber glücklich.

Als sie ins Dorf zurückkehrten, herrschte zwischen ihnen ein Gefühl des Friedens. Sie wussten, dass der Sommer zu Ende ging, aber sie waren dankbar für jeden Moment, den sie geteilt hatten.

Der Vorfall

Am nächsten Morgen war der Himmel klar und die Sonne schien hoch und kündigte einen idealen Tag für das Meer an. Der Strand war voller Geräusche und Farben: Kinder lachten, während sie Sandburgen bauten, Familien unter großen gestreiften Sonnenschirmen und Straßenverkäufer, die lautstark ihre Angebote an Eis und kalten Getränken anboten.

Luca, Sara, Elena und Riccardo trafen sich wie jeden Morgen. Ihre etablierte Sommerroutine war beruhigend, eine Zufluchtsort vor dem Gedanken, dass der Sommer zu Ende ging.

„Lass uns heute etwas anderes machen", schlug Riccardo mit seinem gewohnt selbstbewussten Lächeln vor.

Sara, die mit aufgesetzter Sonnenbrille auf dem Strandtuch lag und ihr Haar noch feucht von einem kürzlichen Bad war, drehte sich zu ihm um. „Was hast du dieses Mal im Sinn? Etwas Verrücktes?"

Riccardo zuckte mit den Schultern. "Warum nicht? Da ist dieses Vorgebirge im Süden, in der Nähe der Felsen. Man sagt, dass man von dort aus einen unglaublichen Tauchgang machen kann. Wer hat den Mut?"

Elena sah mit besorgter Mimik von ihrem Skizzenbuch auf. „Ist es nicht gefährlich?"

„Nur wenn man nicht tauchen kann", antwortete Riccardo lachend.

Luca, der neben Sara saß, dachte einen Moment nach. „Vielleicht ist das keine gute Idee", sagte er ruhig. „Aber es heißt, es sei voller Steine."

„Oh, komm schon", antwortete Riccardo. „Wir sind keine Kinder. Wir können es schaffen."

Nach einer kurzen Diskussion beschloss die Gruppe zu gehen, angetrieben vor allem von Riccardos Begeisterung und Saras Neugier. Riccardo übernahm wie üblich die Führung und verfolgte den Weg im Sand zum Vorgebirge.

Die Reise war herrlich: Der Weg verlief am Meer entlang, die Wellen schlugen sanft gegen die Felsen. Der Duft von Salz erfüllte die Luft und vermischte sich mit dem Gesang der Zikaden.

„Es ist wirklich wunderschön hier", bemerkte Elena und versuchte, die Angst zu ignorieren, die sich in ihrer Brust bildete.

„Ja, aber wartet ihr, bis wir das Vorgebirge sehen", antwortete Sara mit einem Lächeln.

Als sie ankamen, war die Aussicht atemberaubend. Das Vorgebirge erhob sich majestätisch über das Meer, mit glatten Felsen, die steil zum Wasser hin abfielen. Von dort oben schien das Meer unendlich zu sein, eine riesige blaue Fläche, die in der Sonne glitzerte.

Die Gruppe ging tiefer, wo sie aus einer Höhe von etwa drei Metern springen konnte.

Riccardo zog sich als Erster aus, blieb in seinem Badeanzug und näherte sich dem Rand des Felsens. Mit einem herausfordernden Lächeln wandte er sich den anderen zu. „Wer kommt mit mir?"

Sara stand auf und rückte näher an den Rand. „Ich bin dabei", sagte er und nahm seinen Strohhut ab.

„Moment mal", mischte sich Luca mit besorgtem Ton ein. „Sind wir sicher, dass es sicher ist? Wir kennen diesen Ort nicht gut. Und der Meeresboden ist voller Steine."

Riccardo ignorierte ihn, tauchte hinein und verschwand mit einem Freudenschrei im Wasser. Bald tauchte er wieder auf und wedelte mit den Armen. „Es ist fantastisch! Komm, das Wasser ist perfekt."

Sara lächelte und bevor Luca sie aufhalten konnte, tauchte sie anmutig ab.

Luca und Elena blieben zurück und sahen den beiden beim Wegschwimmen zu.

„Es gefällt mir nicht", sagte Elena und klang besorgt.

Luca legte eine Hand auf ihre Schulter. „Mir auch nicht. Aber wir behalten sie im Auge, okay?"

Plötzlich schrie Sara. Es war kein Freudenschrei, sondern ein Angstschrei. „Da ist etwas!" schrie sie und wedelte mit den Armen.

Riccardo drehte sich zu ihr um und sah, wie sie aufgeregt wurde. Er begann auf sie zu schwimmen.

Luca und Elena standen auf und beobachteten die Szene mit schlagendem Herzen.

„Ich muss sie helfen!" rief Luca und zog sein Hemd aus.

„Aber es ist gefährlich!" Elena protestierte mit Tränen in den Augen.

„Ich kann sie nicht dort lassen", antwortete Luca und stürzte sich ohne zu zögern darauf.

Das Wasser war eiskalt. Er schwamm mit aller Kraft und versuchte, Sara zu erreichen. „Sara! Ich komme!" schrie er und drängte sich vorwärts, obwohl die Wellen ihn daran hinderten, vorwärts zu kommen.

Als er sie endlich erreichte, klammerte sich Sara keuchend an ihn.

„Ich kann nicht schwimmen. Ich habe Krämpfe.», sagte sie mit zitternder Stimme.

„Mach dir keine Sorgen", antwortete Luca und versuchte ruhig zu bleiben. „Ich werde dich tragen."

Inzwischen kamm Riccardo zu.

Mit einer letzten Anstrengung gelang es ihnen, Sara in eine sicherere Gegend zu ziehen, wo die Strömung weniger stark war.

Als sie endlich das Ufer erreichten, rannte Elena auf sie zu, Tränen liefen über ihr Gesicht.

"Geht es dir gut?" fragte sie und half Sara auf.

„Ja", antwortete Sara, immer noch zitternd. „Aber so etwas möchte ich nie wieder erleben."

Riccardo, der im Sand saß, blickte Luca mit Augen voller Dankbarkeit an. „Du hast uns wieder das Leben gerettet", sagte er mit brüchiger Stimme.

Luca nickte, ohne etwas zu sagen. Er war zu müde, um zu sprechen.

Als die Gruppe ins Dorf zurückkehrte, war es still, aber etwas hatte sich zwischen ihnen verändert. Riccardo, der sonst so selbstbewusst war, wirkte bescheidener, während Sara konnte nicht aufhören , sich bei Luca zu bedanken.

Als sie sich trennten, wandte sich Elena an Luca. „Du warst heute unglaublich", sagte sie.

Luca lächelte schwach. „Sind wir eine Gruppe oder sind wir keine."

Die Versöhnung

Am Tag nach dem Vorfall auf dem Vorgebirge ging die Sonne langsam auf und warf ein goldenes Licht über das Dorf. Aber für die Gruppe war die Atmosphäre anders. Jeder wachte mit schweren Herzens auf und dachte darüber nach, was passiert war.

Luca saß mit einer Tasse heißen Tees in der Hand auf der Veranda des Hauses seiner Großeltern. Er beobachtete das Meer in der Ferne und fühlte sich zwischen Stolz und Müdigkeit hin und hergerissen. Die Bilder des Vortages kamen ihm immer wieder in den Sinn: die Panik in Saras und Riccardos Augen und das Adrenalin, das ihn zur Reaktion getrieben hatte.

Sara jedoch stand auf dem Balkon ihres gemieteten Hauses und starrte auf eine kleine Muschel, die sie am Strand gesammelt hatte. Er hielt sie wie ein Amulett in seinen Händen und erinnerte sich an die Angst, die sie gespürt hatte, und an Lucas Kraft, um sie zu retten.

Auch Riccardo war in seine Gedanken versunken und saß auf der Bettkante. Zum ersten Mal fühlte er sich verletzlich. Das Bild, wie Luca Sara zur Erlösung schleppt, ließ ihm keine Ruhe.

Elena, die eine hilflose Zuschauerin gewesen war, verspürte eine Mischung aus Erleichterung und

Schuldgefühlen. Sie fragte sich, ob sie mehr hätte tun können, ob sie auf irgendeine Weise hätte helfen können.

Trotz ihrer gemischten Gefühle wussten die Jungs, dass sie ihre Stimme erheben mussten. Sie beschlossen, sich am Strand zu treffen, ihrem Lieblingsort. Es war noch früh und der Sand unter den Füßen war kühl. Die Wellen umspülten die Küste in einem ruhigen, fast beruhigenden Rhythmus.

Luca kam zuerst, kurz darauf folgten Sara und Elena. Riccardo war der letzte, der sie erreichte. Er ging langsam und hatte die Hände in den Taschen seiner Shorts vergraben.

Einen Moment lang schwiegen sie und beobachteten einander, ohne zu wissen, wo sie anfangen sollten.

„Danke", sagte Riccardo plötzlich und brach das Schweigen. Seine Stimme war leise, aber aufrichtig. „Danke für gestern, Luca. Ich weiß nicht, was passiert wäre, wenn du nicht dort gewesen wärst. Du hast wieder einmal bewiesen, das du der Klügste bist."

Luca nickte mit einem schüchternen Lächeln. „Du musst mir nicht danken. Wir sind eine Gruppe. Wir schützen uns gegenseitig. Vielleicht bist du in anderen Dingen besser als ich."

Sara näherte sich Riccardo und sah ihn mit entschlossenem Blick an. „Weißt du, Riccardo, gestern hast du uns alle in Gefahr gebracht. Aber ich erzähle dir das nicht, um dir ein schlechtes Gewissen zu machen. Ich möchte nur, dass du verstehst, dass du nicht immer etwas beweisen müssen. Wir sind trotzdem deine Freunde. Wir sind eine Gruppe."

Riccardo senkte den Blick, als würden ihn diese Worte mehr berühren, als er zugeben wollte. „Du hast recht", murmelte er. „Ich habe mich wieder einmal geirrt. Und es tut mir leid."

Elena, die sich bis dahin zurückgehalten hatte, trat einen Schritt vor. „Ich... ich fühlte mich nutzlos. Ich wünschte, ich hätte den Mut gehabt, etwas zu tun."

Luca legte eine Hand auf ihrem Schulter. „Elena, du bist wichtig für die Gruppe. Du muss keine großen Gesten machen, um es zu beweisen. Du bist immer für uns da, und das ist uns wichtiger als alles andere."

Elena lächelte und spürte, wie die Last ihrer Schuldgefühle nachließ.

Um ihre Versöhnung zu besiegeln, beschlossen sie, an diesem Abend ein kleines Lagerfeuer am Strand anzuzünden.

Der Himmel war klar und die Sterne leuchteten wie Diamanten über ihnen.

Sie brachten ein paar Decken mit und setzten sich um das Feuer, während die Flammen tanzten und im Hintergrund das Rauschen der Wellen zu hören war. Riccardo, der selten über sich selbst sprach, beschloss, sich zu öffnen.

„Weißt ihr", begann er, „als ich jünger war, hat mir mein Vater immer gesagt, dass ich in allem der Beste sein muss. Ich glaube, deshalb versuche ich es immer zu beweisen dass beste zu sein. Aber gestern ... wurde mir klar, dass es keine Rolle spielt, wie stark oder selbstbewusst man wirkt oder ist. Wenn man in Gefahr ist, braucht man einfach jemanden, auf den man zählen kann."

Sara sah ihn mit einem süßen Lächeln an. „Und das ist das Schöne daran, Freunde zu haben."

Nachdem das Feuer erloschen war, blieben Luca und Sara am Strand, während Riccardo und Elena nach Hause gingen. Sie saßen zusammen und beobachteten das mondbeschienene Meer.

„Nochmals vielen Dank", sagte Sara und brach das Schweigen.

Luca schüttelte den Kopf. „Du musst mir nicht danken. Wir sind Freunde oder nicht!"

Sara drehte sich mit einem aufrichtigen Lächeln zu ihm um. „Du hast viel mehr getan. Du hast gezeigt, dass wir mit dir immer zählen können."

Luca errötete leicht, schaute aber nicht weg. Für einen Moment schwiegen die beide, dann legte Sara ihren Kopf auf seine Schulter.

„Ich werde dich vermissen, wenn der Sommer vorbei ist", murmelte sie.

Luca spürte einen Stich in seiner Brust, aber er lächelte. „Ich werde dich auch vermissen."

Am nächsten Tag traf sich die Gruppe im Zufluchtsort, um es etwas zum reparieren. Sie beschlossen, eine der Wände mit ihren Namen und einem Satz zu schmücken, der alles widerspiegelte, was sie gemeinsam erlebt hatten: *„Für immer Freunde, für immer vereint."*

Als sie die Worte in das Holz schnitzten, lachten und scherzten sie, weil sie das Gefühl hatten, dass das Schlimmste überstanden war. Die Spannungen waren gelöst und ihre Bindung war stärker als je zuvor.

Nach einer Weile verließen die Jungen das Ort Hand in Hand unter einem unendlich blauen Himmel. Die Versöhnung hatte sie reifer und bewusster gemacht und waren bereit, jeden verbleibenden Moment des Sommers zu genießen.

Die Erkundung des verlassenen Leuchtturms

Es war ein warmer Nachmittag, die Sonne schien hoch am Himmel und das Meer glitzerte wie ein Teppich aus Diamanten unter den goldenen Strahlen. Nach der Versöhnung der Vortage wirkte die Gruppe geeinter denn je. Zwischen ihnen herrschte jedoch ein latentes Gefühl: der Wunsch nach einem letzten unvergesslichen Abenteuer, bevor der Sommer vorbei war.

Sara war die Erste, die etwas vorschlug. Sie saßen auf einer Klippe mit Blick auf das Meer, ihre nackten Füße im warmen Sand.

„Habt ihr schon einmal vom alten Leuchtturm gehört?" fragte sie mit einem Lächeln, das Ärger versprach.

„Der verlassene Leuchtturm auf der Nordklippe?" antwortete Riccardo und hob eine Augenbraue.

Sara nickte. „Genau. Es sagen, es sei seit mehr als dreißig Jahren geschlossen. Es scheint, als würde es spuken ..."

Elena zitterte leicht. „Geistert? Ernsthaft?"

„Oh, fang nicht mit diesen Geschichten an", mischte sich Luca lachend ein. „Es gibt keine Geister."

„Was weißt du?" Sara erwiderte mit einem herausfordernden Funkeln in ihren Augen. «Meiner

Meinung nach ist es der perfekte Ort für ein letztes Abenteuer."

Riccardo stand mit einem mutigen Lächeln auf. „Ich bin dabei. Und du?"

Luca zögerte einen Moment, nickte dann aber schließlich mit ja. "In Ordnung. Aber nur, wenn wir keine Dummheiten machen."

Elena stimmte ebenfalls zu, wenn auch mit einigen Vorbehalten. „Okay… aber nur, weil ich nicht allein sein will."

Der Leuchtturm befand sich etwa zwei Kilometer vom Dorf entfernt auf einer isolierten Klippe mit Blick auf das offene Meer. Um dorthin zu gelangen, musste die Gruppe einen schmalen, gewundenen Pfad überqueren, der von Ginsterbüschen und Wildpflanzen gesäumt war.

Der Wind wehte stärker, je näher sie kamen, und trug den salzigen Geruch des Meer mit sich. Das Geräusch der Wellen, die gegen die Felsen schlugen, wurde lauter und erzeugte eine fast hypnotische Atmosphäre.

„Es fühlt sich an, als wären wir in einer anderen Welt", bemerkte Elena und betrachtete die Landschaft um sie herum.

„Ja", antwortete Luca und beobachtete den Leuchtturm, der am Horizont aufragte. Es war ein hoher, imposanter Turm, dessen weiße Farbe abblätterte und die Laterne an der Spitze inzwischen mit der Zeit dunkel geworden war.

Als sie endlich den Leuchtturm erreichten, blieben sie vor der großen Holztür stehen. Es war massiv und offenbar geschlossen, aber Sara fand eine kleine Lücke zwischen den zerbrochenen Brettern.

„Hier ist unser Eingang", sagte sie mit einem triumphierenden Lächeln.

Riccardo trat zuerst vor, drückte mit den Händen gegen die Bretter und schuf so eine ausreichende Öffnung zum Durchgehen. „Seit vorsichtig, es könnte instabil sein", warnte er.

Im Inneren des Leuchtturms war es dunkel und voller Staub. Der Holzboden knarrte unter ihren Schritten und die Luft war voller Schimmel. Eine alte Wendeltreppe schlängelte sich nach oben und führte zur Laterne.

„Es ist wie aus einem Horrorfilm", sagte Elena achselzuckend.

Sara zündete eine Taschenlampe an, die sie mitgebracht hatte, und erleuchtete den Innenraum. „Lass uns schauen, was oben ist."

Das Hochsteigen der Treppe war eine Meisterleistung. Die Stufen waren schmal und abgenutzt, und jeder Schritt hallte von den Wänden des Leuchtturms wider eine Echos.

Luca blieb auf halber Höhe des Hügels stehen und betrachtete ein altes Gemälde, das an der Wand hing. Dargestellt war ein Mann mit langem Bart und strengem Gesichtsausdruck, vermutlich der

Leuchtturmwärter. „Ich frage mich, wer es war", murmelte er.

„Vielleicht der Geist des Leuchtturms, von dem die Geschichten erzählen", scherzte Riccardo und klopfte ihm auf die Schulter.

Als sie schließlich oben ankamen, fanden sie die Laterne vor sich, die inzwischen verrostet und mit Spinnweben bedeckt war. Doch der Anblick, der sich vor ihnen eröffnete, machte ihnen den Atem schwer: Das Meer erstreckte sich endlos, glitzerte in der Sonne, und die Wellen schienen in einem ewigen Rhythmus zu tanzen.

„Es ist unglaublich", sagte Elena und holte ihr Skizzenbuch hervor.

„Es hat sich gelohnt, hierher zu kommen", fügte Sara mit einem zufriedenen Lächeln hinzu.

Als sie die Laterne erkundeten, fand Richard eine alte Kiste, die hinter einer Holzplatte versteckt war. Er öffnete es vorsichtig und enthüllte einen Stapel vergilbter Dokumente.

„Seht ihr das an", sagte er und hielt eine Karte der Küste und einige handgeschriebene Briefe hoch.

Luca nahm einen der Briefe und begann sie zu lesen. Sie sprach von Schiffswracks und geheimnisvollen Lichtern, die bei Stürmen auf dem Meer auftauchten.

„Vielleicht hat der Leuchtturmwärter etwas Seltsames gesehen", mutmaßte Sara.

„Oder vielleicht war er einfach ein einsamer Mann mit zu viel Fantasie", antwortete Luca.

Unter den Dokumenten fand Elena ein altes Tagebuch. Die Seiten waren gefüllt mit Skizzen von Booten und Notizen zum Wetter. „Wer weiß, wie viele Geschichten dieser Ort verbirgt", sagte sie fasziniert.

Während sie die Gegend erkundeten, rüttelte ein plötzlicher Windstoß an einem der Fenster und erschreckte alle. Elena ließ das Notizbuch fallen, das die Treppe hinunterrutschte.

„Ich nehme es", sagte Luca und jagte dem Notizbuch hinterher.

Als er es herausholte, bemerkte er etwas Seltsames: eine kleine, halboffene Tür, die zu einem versteckten Raum führte.

„Jungs, kommt und seht", rief er.

Der Raum war klein und dunkel, die Wände waren mit alten Fotos und Zeitungsausschnitten bedeckt. Einige Fotos zeigten den Leuchtturm, andere zeigten lächelnde Menschen, wahrscheinlich die alten Dorfbewohner.

In einer Ecke stand eine noch intakte Laterne, die offenbar viele Jahre alt war.

„Es ist unglaublich", sagte Sara und nahm die Laterne in die Hand.

Nachdem sie jede Ecke des Leuchtturms erkundet hatten, beschlossen sie, vor Einbruch der Dunkelheit ins Dorf zurückzukehren. Der Rückweg verlief ruhiger und die Gruppe war in ihre eigenen Gedanken vertieft.

Riccardo ging mit nachdenklicher Miene neben Luca her. „Weist du, dieser Sommer hat mir klar gemacht, wie wichtig es ist, jemanden zu haben, auf den man zählen kann", sagte er.

Luca lächelte. "Mir auch. Ich werde nie dass alles vergessen, was wir zusammen erlebt haben.

Sara, die mit Elena voran ging, drehte sich zu ihnen um. „Eines Tages sollten wir zum Leuchtturm zurückkehren. Vielleicht entdecken wir weitere verborgene Geschichten."

Als die Jungs ins Dorf zurückkehrten, spürten sie, dass der Sommer zu Ende ging, aber ihre Bindung war stärker als je zuvor.

Der Abschied

Das Dorf war an diesem Morgen von einer fast surrealen Stille umgeben. Die Sonne ging gerade auf und tauchte den Himmel in Rosa und Orangetöne. Die Luft war frisch und voller Feuchtigkeit und brachte den Geruch des Meeres mit sich.

Luca wachte früh auf und wusste, dass dies ihr letzter gemeinsamer Tag sein würde. Er saß einen Moment auf dem Bett und überblickte das kleine Zimmer, das er den ganzen Sommer über sein Zuhause Kennengelert hatte. Das Bücherregal mit den verstaubten Büchern, die vergilbte Weltkarte an der Wand und das offene Fenster, das das Rauschen der Wellen hereinließ: Alles kam ihm kostbarer vor.

Er beschloss, rauszugehen und am Strand entlang spazieren zu gehen. Er wollte das Meer noch einmal sehen, bevor ihn die reale Welt einnahm.   Als er ankam, fand er Sara bereits da, wie immer, auf einer Sanddüne sitzend, die Knie an die Brust gezogen.

„Bist du auch so früh wach?" fragte sie mit einem wehmütigen Lächeln.

Luca saß neben ihr und beobachtete die Wellen, die sanft an der Küste schlugen. „Ich wollte keinen Moment dieses Tages verpassen."

Sara nickte und starrte zum Horizont. „Ich auch nicht."

Nach langem Schweigen wandte sich Sara an Luca. „Glaubst du, wir könnten heute etwas Besonderes machen? Gibt es etwas, das diesen Tag unvergesslich machen kann?"

Luca lächelte. „Ja, aber was hast du im Sinn?"

Sara machte eine pause und antwortete dann mit wachsender Begeisterung: „Lass uns zu all den Orten gehen, die wir diesen Sommer entdeckt haben." Der Strand, die Zufluchtsort, die verlassene Villa und vielleicht der Leuchtturm. Es ist, als wollten wir jedem Ort Hallo sagen."

„Eine letzte gemeinsame Reise", sagte Luca in einem Ton, der sowohl Aufregung als auch Melancholie verriet.

„Genau", antwortete Sara. „Wir werden es den anderen erzählen."

Nach einem Gespräch mit Elena und Riccardo befand sich die Gruppe am Strand und war bereit für ihr neuestes Abenteuer. Riccardo, der normalerweise immer selbstsicher wirkte, wirkte nachdenklicher.

„Ich kann nicht glauben, dass es schon vorbei ist", sagte er und blickte auf die Wellen.

„Ich auch nicht", fügte Elena hinzu und hielt ihr untrennbares Zeichenheft in ihren Händen. „Aber vielleicht stimmt das. Alles Gute muss ein Ende haben."

Sara, entschlossener, ihren letzten Tag nicht von Traurigkeit beherrschen zu lassen, meldete sich zu Wort. „So, hier ist der Plan: Wir beginnen am Strand, dann gehen wir zur Schutzhütte, zur Villa und schließlich zum Leuchtturm. Wir wollen jeden Ort angemessen begrüßen."

„Es gefällt mir", sagte Riccardo mit einem Lächeln. „Das wird unsere Art sein, mit einem guten Abschluss zu enden."

Der Strand war ihr Ausgangspunkt, der Ort, an dem alles begann. Sie saßen im Kreis im Sand und erinnerten sich an die ersten Sommertage.

«Erinnere wir an die Zeit, als wir hier Fußball gespielt haben?» fragte Riccardo lachend.

„Und du hast versucht, einen Fallrückzieher auszuführen und bist dabei auf deinem Gesicht gelandet", fügte Sara hinzu und brach in schallendes Gelächter aus.

Auch Elena lächelte und zeichnete mit einem Stock kleine Kreise in den Sand. „Für mich war der Strand der Ort, an dem ich mich am ruhigsten fühlte. Der Blick aufs Meer lässt mich alles vergessen."

Luca beobachtete die anderen nur und spürte einen Kloß im Hals.   Der Strand war nicht nur ein Ort; Es war das Symbol ihrer Freundschaft, der Boden, auf dem ihre Abenteuer entstanden.

Die Zufluchtsort inmitten des Kiefernwaldes war ihr Schutzort. Als sie ankamen, war die Luft frisch und duftete nach Harz. Die mit ihren Zeichnungen und Botschaften verzierten Holzwände schienen ihre Geschichte zu erzählen.

„Dieser Ort war mehr als ein Zufluchtsort", sagte Sara und streichelte eine der Wände. „Es war wie ein Zuhause."

Riccardo fand die Kiste, die sie mit Erinnerungen gefüllt hatten, und holte eines der Objekte heraus: eine riesige Muschel. „Das war unsere erste Trophäe, erinnerst euch noch daran?"

„Ja", antwortete Elena. „Und dieses Notizbuch", fügte sie hinzu und zeigte sein Tagebuch voller Zeichnungen, die im Sommer entstanden waren.

Währenddessen betrachtete Luca die Botschaft, die sie in das Holz eingraviert hatten: *„Für immer Freunde, für immer vereint."* Er verspürte einen Anflug von Gefühl, aber auch ein Gefühl der Dankbarkeit.

Die verlassene Villa war ein Ort, der sie gleichzeitig erschreckte und faszinierte. Als sie dort ankamen, drang Nachmittagslicht durch die zerbrochenen Fenster und warf Schatten auf den staubigen Boden.

„Ich kann nicht glauben, dass wir mutig genug waren, an diesem Abend hierher zu kommen", sagte Elena und sah sich nervös lachend um.

„Ich hatte keine Angst", log Riccardo und versuchte, selbstbewusst zu wirken.

„Natürlich, natürlich", neckte Sara ihn. „Erinnerst du dich, als du geschrien hast, weil du dachtest, du hättest einen Geist gesehen?"

Luca lachte auch, aber seine Gedanken wanderten zurück zu dieser Nacht. Es war für sie alle ein Moment des Wachstums gewesen, eine Erfahrung, die sie als Gruppe einander näher gebracht hatte.

Die letzte Station ihrer Reise war der verlassene Leuchtturm. Als sie dort ankamen, begann die Sonne unterzugehen und färbte den Himmel orange und rosa.

Das Erklimmen der Wendeltreppe war aufregender denn je. Als sie die Laterne erreichten, standen sie schweigend da und bewunderten die Aussicht.

„Es ist der perfekte Ort, um sich zu verabschieden", sagte Sara und brach die Stille.

Luca drehte sich zu sie um. „Es ist kein Abschied. Es ist ein Abschied."

„Versprechen wir es?" Fragte Elena mit zitternder Stimme.

Sie fassten sich an den Händen und bildeten einen Kreis. Riccardo wirkte ausnahmsweise fast aufgeregt. „Wir versprechen, einander nie zu vergessen", sagte er.

„Wir versprechen es", antworteten alle im Chor.

Ihr letzter gemeinsamer Moment war am Strand, wo alles begann. Sie saßen im Kreis um ein kleines Lagerfeuer und unterhielten sich, lachten und weinten.

Als die Sonne hinter dem Horizont verschwand und einem Himmel voller Sterne Platz machte, fühlten sie sich näher als je zuvor.

„Es spielt keine Rolle, wo wir sind", sagte Sara. „Wir werden immer Freunde bleiben."

Luca nickte und blickte in den Himmel. „Ja, immer."

Ein Sommer in Erinnerungen

Der Sommer war vorbei und das Küstendorf, das noch vor ein paar Tagen so lebhaft und voller Leben war, schien nun zur gewohnten Ruhe zurückgekehrt zu sein. Die Straßen waren menschenleer, der Strand fast leer und die Stände, an denen Eis und Getränke verkauft wurden, waren abgebaut. Die einst farbenfrohen und festlichen Sonnenschirme waren verschwunden und nur die Wind gepeitschten Sanddünen blieben übrig.

Luca fand sich wieder in seinem Zimmer in der Stadt, weit weg vom Meer und seinen Freunden. Die Wände waren mit Postern von Planeten und Weltkarten bedeckt, aber sie wirkten leerer als gewöhnlich. Auf dem Schreibtisch, neben einem alten Schulheft, lag die Kiste mit den Briefen, die sie am letzten Tag ausgetauscht hatten.

Er schaute auf Saras Brief, den er versprochen hatte, erst zu lesen, wenn er nach Hause kam. Mit zitternden Händen öffnete er es und begann zu lesen.

„Lieber Luca. Ich weiß nicht, wie ich es sagen soll, aber dieser Sommer war der beste meines Lebens. Nicht nur wegen der Abenteuer, die wir erlebt haben, sondern weil ich jemanden gefunden habe, der mich wirklich versteht. Du. Du warst mein bester Freund,

mein Verbündeter und vielleicht sogar noch etwas mehr.

Ich werde unseren Rückzug, unsere Momente am Strand und die Art, wie du mich angesehen hast, als du dachtest, ich würde es nicht bemerken, nie vergessen. Du bist etwas Besonderes, Luca, und ich hoffe, dass du, wohin das Leben uns auch führt, immer jemanden finden wirst, der dich so sieht, wie ich dich sehe.

Deine, Sara."

Luca schloss den Brief und spürte einen Kloß im Hals. Ihre Worte berührten ihn zutiefst und hinterließen bei ihm eine Mischung aus Melancholie und Dankbarkeit.

Fasziniert und melancholisch öffnete Luca die anderen Briefe.

Riccardos Brief war kurz und direkt, aber voller Emotionen.

„Hey Luca. Ich bin nicht gut darin, aber ich wollte mich bedanken. Du warst ein besserer Freund, als ich es verdiene. Du hast mir beigebracht, dass ich nicht immer der Stärkste sein muss, sondern einfach für die Menschen da sein muss, die wichtig sind. Ich verspreche, nicht alles zu vergessen, was du für mich getan hast."

Elenas Brief war länger und enthielt Seiten voller Zeichnungen und persönlicher Notizen.

„Lieber Luca. Ich hatte nie viele Freunde, aber dieser Sommer hat mir gezeigt, was es bedeutet, irgendwohin zu gehören. Unsere Zufluchtsort, unser Lachen, die Momente der Stille: Alles ist ein Teil von mir geworden. Du warst der Kitt unserer Gruppe und ich weiß nicht, wie ich dir genug danken kann. Ich habe dir ein Bild vom Meer gemacht, weil ich weiß, wie sehr du es liebst. Wenn du es stehe, hoffe ich, dass du dich an uns erinnerst wirst."

Die nächsten Tage vergingen langsam, eingetaucht in den Alltag der Schule und des Stadtlebens. Luca kehrte zurück, um sich in seine Bücher und Zeichnungen zu vertiefen, aber ab und zu starrte er zum Fenster und erinnerte sich an die Wellen des Meeres und die Gesichter seiner Freunde.

Eines Tages, als er zur Schule ging, bemerkte er einen kleinen Laden, in dem nautische Gegenstände verkauft wurden: Kompasse, alte Modellboote und sogar eine Laterne, ähnlich der, die sie im Leuchtturm gefunden hatten. Er trat ein, angezogen von den Erinnerungen, und kaufte einen kleinen Kompass als Symbol ihrer Verbundenheit.

Trotz der Distanz blieben die Jungs in Kontakt. Sie schrieben Briefe und riefen einander, wenn sie konnten.

Sara schrieb oft und erzählte von ihrer neuen Schule und den neuen Freunden, die sie kennenlernte, aber jeder Brief enthielt einen Hinweis auf ihre

Zufluchtsort und das Versprechen, das sie gegeben hatten.

Elena schickte Zeichnungen des Dorfes und des Meeres, begleitet von kurzen Nachrichten voller Nostalgie.

Riccardo hingegen war weniger beständig, aber wenn er schrieb, waren seine Briefe voller Begeisterung und Geschichten über Abenteuer in der Stadt.

Das wiedersehen

Es war wieder Sommer. Die Hitze hüllte die Stadt in eine drückende Decke, und der Duft von sonnengewärmtem Asphalt schien die Luft zu erfüllen. Luca dachte oft an die Tage, die er im Dorf verbracht hatte. Es verging keine Woche, in der er nicht in seinem Tagebuch blätterte, die Zeichnungen durchging, die Elena ihm geschenkt hatte, oder die Briefe von Sara und Riccardo noch einmal las.

Als er an einem Morgen mit seinen Eltern frühstückte, verkündete ihm seine Mutter eine Überraschung.

„Luca, dieses Jahr werden wir alle für zwei Wochen in das Dorf unserer Großeltern fahren. Wir dachten, es wäre schön, die Orte, die du so sehr liebst, wiederzusehen."

Luca blieb stehen, den Löffel auf halbem Weg zum Mund. „Wirklich?"

„Ja", bestätigte sein Vater lächelnd. „Wir fahren schon morgen los."

Lucas Herz füllte sich mit Freude und Erwartung. Er würde das Meer wiedersehen, die Zufluchtsort und vielleicht... vielleicht sogar Sara, Elena und Riccardo.

Der Weg zum Dorf war lang, aber Luca verbrachte die Zeit damit, aus dem Fenster zu schauen und zu beobachten, wie sich die Landschaft langsam veränderte: die Alpen. Die grünen Hügel der Landschaft bis zur Küste, wo das Meer in der Sonne glitzerte.

Als sie schließlich ankamen, war das Dorf genau so, wie er es in Erinnerung hatte: die engen, gepflasterten Straßen, die Häuser mit den roten Dächern und der unverwechselbare Geruch von Salz in der Luft.

Er beschloss, ins Zufluchtsort zu gehen, um zu sehen, ob sich etwas verändert hatte. Als er die Tür öffnete, fand er eine Überraschung: Auf dem Tisch lag ein neuer Brief, unterzeichnet von Sara.

„Willkommen zu Hause, Luca. Ich wusste nicht, ob du zurückkommen würdest, aber ich habe diesen Brief für dich hinterlassen, in der Hoffnung, dass du zurückkommen würdest. Ich hoffe, das wir uns bald wieder sehen. Mit freundlichen Grüßen Sara."

Luca saß im Zufluchtsort und schaute aus dem Fenster. Die Schatten der Bäume tanzten über den Boden und das Rauschen der Wellen umhüllte ihn wie eine vertraute Umarmung.

Er wusste, dass dieser Teil von ihm trotz allem für immer mit diesem Sommer, seinen Freunden und diesen Orten verbunden bleiben würde. Und mit einem Lächeln wurde ihm klar, dass dies nicht das Ende, sondern nur der Anfang von etwas Größerem war.

Luca eilte sofort zum Strand. Es war immer noch da, unverändert: der goldene Sand, die ruhigen Wellen, die sanft rauschten, und der unendliche Horizont, der Abenteuer zu versprechen schien.

Als er, in Erinnerungen versunken wahr, am Ufer entlangging, hörte er eine vertraute Stimme hinter sich.

„Luca?"

Er wirbelte herum und sah Sara. Sie war dort, ein paar Meter entfernt, mit einem ungläubigen Lächeln im Gesicht. Sie trug ein hell gestreiftes Kleid und trug ihre Haare zu einem unordentlichen Zopf geflochten.

„Sara!" rief er und rannte auf sie zu.

Als sie sich umarmten, war es, als wäre die Zeit nie vergangen.

„Ich kann nicht glauben, dass du hier bist", sagte Sara mit leuchtenden Augen.

"Ich auch nicht. Ich wusste nicht, ob ich dich wiedersehen würde", antwortete Luca und spürte eine Welle von Emotionen.

Kurz darauf teilte Sara ihm mit, dass auch Elena und Riccardo ins Dorf zurückgekehrt seien. Es war ein Zufall gewesen, aber ein Zufall, der vom Schicksal inszeniert zu sein schien.

„Wir müssen uns alle wiedersehen", sagte Sara begeistert. „Wie früher."

Sie beschlossen, sich noch am selben Abend im Zufluchtsort zu treffen.

Als Luca und Sara in der Schutzhütte ankamen, waren Elena und Riccardo bereits da. Der gemeinsame Anblick weckte eine Welle von Erinnerungen.

Riccardo, der reifer wirkte als im vergangenen Sommer, begrüßte ihn mit einem Händedruck und einem aufrichtigen Lächeln. „Luca, es ist zu lange her."

Elena kam mit ihrem untrennbaren Zeichenheft auf ihn zu und umarmte ihn schüchtern. „Ich bin so froh, dass du zurück bist."

Sie saßen alle um den Tisch herum, beleuchtet vom Licht der Laternen. Das Ort war genau so, wie sie es verlassen hatten, die Wände waren mit ihren Zeichnungen und der eingravierten Botschaft verziert, die lautete: *„Für immer Freunde, für immer vereint."*

Sie redeten und lachten stundenlang und erinnerten sich an die Abenteuer des vergangenen Sommers: die Nacht des Sturms, die Erkundung der verlassenen Villa, die Radtour und die Rettung am Vorgebirge.

„Ich kann immer noch nicht glauben, dass wir verrückt genug waren, von diesen Felsen zu springen", sagte Riccardo lachend.

„Und ich kann nicht glauben, dass du den Mut hattest, es zweimal zu tun!" „Fügte Sara hinzu und lachte ebenfalls.

Währenddessen zeichnete Elena eine Szene der Zufluchtsort und fing die Atmosphäre des Abends ein.

98

Nach dem Abendessen beschlossen sie, einen Spaziergang am Strand zu machen. Der Mond stand hoch am Himmel und erhellte das Meer mit einem silbernen Licht.

Während sie gingen, näherte sich Sara an Luca. „Hast du dich jemals gefragt, was passiert wäre, wenn wir diesen Sommer nicht zusammen gelebt hätten?"

Luca lächelte. „Es wäre wie jeder andere Sommer gewesen. Stattdessen war es der Sommer, der mich verändert hat."

Sara sah ihm in die Augen. "Für mich auch."

Während Luca und Sara weiter vorangingen, blieben Elena und Riccardo zurück.

„Weißt du", begann Riccardo mit einem weniger kühnen Ton als gewöhnlich. „Ich glaube, ich habe es dir noch nie gesagt, aber deine Zeichnungen haben mich immer beeindruckt. Du fängst Dinge auf eine Weise ein, die ich nie könnte."

Elena errötete leicht. "Danke schön. Und du warst immer derjenige, der uns dazu gedrängt hat, neue Dinge auszuprobieren. Auch wenn du mich manchmal verrückt gemacht hast."

Sie lachten und für einen Moment schien es, als würde etwas Neues zwischen ihnen wachsen.

Am Ende des Abends saßen sie auf einer Sanddüne und blickten auf das Meer. Sie beschlossen, ihr im Jahr zuvor gegebenes Versprechen zu erneuern.

„Für immer Freunde, für immer vereint", sagten sie im Chor und falteten die Hände.

Dieses Mal hatte das Versprechen jedoch eine tiefere Bedeutung. Es war nicht nur eine Verpflichtung, in Kontakt zu bleiben, sondern auch das Wissen, dass sie immer Teil des Lebens des anderen sein würden, egal wie viel Zeit verging.

Ein Brief aus dem Meer

Die Sonne schien hoch am Himmel, aber für Luca hatte dieser Tag einen anderen Geschmack. Der Sommer ging wieder zu Ende und der Gedanke, das Dorf zu verlassen, erfüllte ihn mit tiefer Wehmut. Er hatte unvergessliche Tage mit Sara, Elena und Riccardo verbracht und der Gedanke, zu seinem gewohnten Leben zurückkehren zu müssen, lastete auf ihm.

An diesem Morgen, nachdem er früh aufgewacht war, beschloss er, alleine einen Spaziergang zu machen. Der Strand war menschenleer, nur ein paar Möwen flogen tief über dem Wasser. Der salzige Geruch der Luft und das Rauschen der Wellen umhüllten ihn und erinnerten ihn an das vergangene Jahr.

Er blieb neben dem Vorgebirge stehen, dem gleichen Ort, an dem sie den Unfall erlebt hatten, der ihre Freundschaft beinahe auf die Probe gestellt hätte. Er schaute zum Horizont und versuchte, sich jedes Detail einzuprägen.

Als er am Ufer entlangging, erregte etwas seine Aufmerksamkeit. Eine grüne Glasflasche war zwischen einigen Felsen gestrandet, getragen von den

Wellen. Es sah uralt aus, mit leicht undurchsichtigem Glas und einem dicht verschlossenen Korken.

Fasziniert hob er es auf und bemerkte, dass sich darin ein aufgerolltes Stück Papier befand.

„*Ein Brief?*" murmelte er vor sich hin und sein Herz begann schneller zu schlagen.

Vorsichtig entfernte er die Kappe und nahm das Papier heraus. Das Papier war vergilbt, aber der Text war noch lesbar. Die in eleganter Kalligrafie geschriebenen Worte schienen einer fernen Zeit anzugehören. Luca setzte sich auf einen Felsen und begann zu lesen.

„*Lieber Fremder.*

Wenn Sie diesen Brief lesen, bedeutet das, dass das Meer Sie zu mir gebracht hat. Dieser Leuchtturm, diese Küste und dieses Meer waren viele Jahre lang mein Zuhause, aber jetzt habe ich das Gefühl, dass meine Zeit hier zu Ende geht. Ich schreibe diese Worte für jeden, der sie finden kann, in der Hoffnung, dass die Erinnerung an diesen Ort und seine Geschichten niemals verblassen wird.

Der Leuchtturm, den Sie auf der Klippe sehen, war für viele Seeleute ein Symbol des Lichts, aber auch ein Ort der Einsamkeit für diejenigen, die ihn wie mich bewahrten. Jede Welle, die auf diese Felsen trifft, erzählt eine Geschichte, und ich hoffe, Sie können sie hören.

Behalte diesen Ort in deinem Herz. Egal wohin Sie gehen oder wer Sie werden, das Meer wird Sie immer daran erinnern, wer Sie wirklich sind.
Dein Antonio. "

Luca erkannte den Namen sofort. Antonio war der Mann, den sie im vergangenen Sommer kennengelernt hatten, der Hüter der Schutzhütte und der Erzähler der Geschichten, die sie inspiriert hatten. Ihm lief ein Schauer über den Rücken, als sei dieser Brief eine an ihn und seine Freunde gerichtete Nachricht.

Als er mit der Lektüre fertig war, wurde ihm klar, dass er diese Entdeckung mit die anderen teilen musste. Er rannte zum Zufluchtsort, wo er, wie er wusste, Sara, Elena und Riccardo finden würde.

Als er ankam, sah er, wie sie ein neues Motiv an die Wände des Zufluchtsort malten: einen großen Leuchtturm, der sich über dem Meer erhebt.

„Luca! Was geschieht?" fragte Sara, als sie sah, wie er schwer atmend ankam.

Luca hob die Flasche und zeigte den Brief. „Seht ihr, was ich gefunden habe."

Die drei näherten sich neugierig, während Luca den Brief laut vorlas. Als er fertig war, herrschte Stille in der Gruppe.

„Antonio…", murmelte Elena und ihre Augen füllten sich mit Tränen. „Er war es. Er muss diesen Brief hinterlassen haben, bevor er ging."

„Es ist, als hätte er uns eine letzte Nachricht hinterlassen", fügte Riccardo mit ernster Miene hinzu.

Sie beschlossen, zum Leuchtturm zu gehen, weil sie das Gefühl hatten, dort die Antworten auf ihre Fragen zu finden. Die Reise war still, aber voller Emotionen. Als sie ankamen, sah der Leuchtturm im Nachmittagssonnenlicht noch beeindruckender aus.

Sie traten durch dieselbe Tür ein, die sie im Vorjahr benutzt hatten. Der Innenraum blieb intakt: die knarrenden Treppen, der Staub und die Laterne oben. Diesmal war jedoch etwas anders.

Auf dem Tisch in der Mitte des Hauptraums lag ein in Leder gebundenes Notizbuch, auf dessen Einband der Name „Antonio" eingraviert war.

Sie blätterten im Notizbuch und fanden Seiten voller Antonios Geschichten und Gedanken. Er erzählte von seinem einsamen Leben am Leuchtturm, von den Nächten, in denen er dem Meer lauschte, und von den Geschichten, die er erfand, um die Stille zu füllen.

Besonders eine Seite erregte Lucas Aufmerksamkeit.

„Eines Tages kam eine Gruppe Kinder in mein Zufluchtsort. Sie waren voller Leben und Fragen und erinnerten mich daran, was es bedeutet, jung zu sein. Sie ließen mich glauben, dass es vielleicht noch nicht zu spät ist, Spuren zu hinterlassen, auch wenn nur einer kleine. Dieser Brief ist für sie, damit sie wissen, dass sie Licht in meine Welt gebracht haben."

Sara hielt sich bewegt den Mund zu. «Er hat über uns geschrieben...»

„Wir haben etwas Wichtiges für ihn getan", sagte Elena und wischte sich eine Träne weg.

Riccardo, sonst so selbstbewusst, war sichtlich aufgeregt. „Ich dachte nicht, dass ich irgendjemanden beeinflussen könnte. Aber es sieht so aus, als ob wir es getan hätten."

Sie blieben bis zum Sonnenuntergang am Leuchtturm und ließen alle die Erinnerungen von der Vergangenheit gehen, was sie erlebt hatten. Das orangefarbene Licht der über dem Meer untergehenden Sonne erfüllte den Raum und erzeugte eine fast magische Atmosphäre.

„Vielleicht ist das die wichtigste Lektion, die wir gelernt haben", sagte Luca. «Jede Aktion, auch die kleinste, kann Spuren hinterlassen."

Sara nickte und nahm Lucas Hand. «Und jeder Mensch, dem wir begegnen, kann unser Leben verändern, wenn auch nur für kurze Zeit."

Elena schaute aus dem Fenster und zeichnete sich diese Szene im den Erinnerung. „Antonio hat uns gelehrt, über den Tellerrand hinauszuschauen. Die Welt mit anderen Augen sehen."

Bevor sie den Leuchtturm verließen, beschlossen sie, eine Nachricht für Antonio zu schreiben, die er neben seinem Notizbuch hinterlassen sollte.

„Lieber Antonio. Vielen Dank für alles, was Sie uns beigebracht haben. Wir werden die Erinnerung an Sie und diesen besonderen Ort immer in uns tragen. Dein Licht wird weiterhin in unseren Herzen leuchten. "

Sie unterschrieben die Nachricht mit ihren Namen und ließen sie auf dem Tisch liegen.

Sie verließen den Leuchtturm und gingen unter einem Himmel voller Sterne die Klippe entlang. Sie hatten das Gefühl, einen Kreis geschlossen zu haben, aber auch ein neues Kapitel in ihrem Leben eröffnet zu haben.

Der Sommer war nicht nur für sie vorbei, aber die Erinnerung an dieses Erlebnis würde weiterleben, wie die Wellen des Meeres, die niemals aufhören.

Neuanfänge

Luca war zurück in seinem Zimmer in der Stadt, das Geräusch des Verkehrs erfüllte die Luft und der Geruch von Sommerregen kroch durch das offene Fenster. Seit der Rückkehr aus dem Dorf war eine Woche vergangen und das Leben schien seinen normalen Rhythmus wieder aufzunehmen. Aber in ihm hatte sich etwas verändert.

Auf ihrem Nachttisch lag ein Foto, das Sara an ihrem letzten Abend am Leuchtturm gemacht hatte: die vier Freunde saßen auf der Klippe, mit dem Meer und dem Sonnenuntergangshimmel im Rücken. Jedes Mal, wenn er es betrachtete, verspürte er einen Anflug von Nostalgie, aber auch eine seltsame Sicherheit.

Sie hatten versprochen, vereint zu bleiben, und Luca wollte alles tun, um dieses Versprechen zu halten.

Eines Nachmittags, während er in Gedanken versunken war, hörte er die Türklingel. Er gings öffnen und fand den Postboten mit einem Umschlag in der Hand. Es war ein Brief, und der Name auf dem Absender ließ Lucas Herz höher schlagen: Sara.

Er rannte zurück in sein Zimmer und öffnete den Umschlag mit zitternden Händen.

„Lieber Luca. Ich weiß nicht, wo ich anfangen soll, aber ich wollte dir sagen, dass ich dich bereits

vermisse. Nach diesem Sommer nach Hause zu kommen war schwieriger als ich es mir vorgestellt hatte. Jedes Mal, wenn ich die Augen schließe, befinde ich mich am Strand oder in der Hütte und frage mich, ob wir jemals wieder etwas so Besonderes erleben werden.

Ich wollte dir noch etwas anderes sagen... etwas, zu dem ich nicht den Mut hatte, als wir im Dorf waren. Du bist für mich mehr als ein Freund. Ich weiß nicht, was das wirklich bedeutet, aber ich weiß, dass du wichtig bist, und ich möchte nicht, dass Zeit oder Entfernung uns verändern.

Schreib mir bald. Ich möchte alles über dich wissen, was du machst und wie die Schule läuft. Ich möchte, dass unsere Bindung stark bleibt, egal was passiert.

Deine, Sara."

Luca las den Brief mehrmals, mit einem Lächeln, das er nicht unterdrücken konnte. Er hatte das Gefühl, dass diese Worte etwas bestätigten, was er schon immer gewusst, aber nie laut ausgesprochen hatte.

In dieser Nacht legte sich Luca mit Saras Brief neben sich ins Bett. Er dachte an all die Erlebnisse zurück, die er im Dorf gemacht hatte: das Treffen mit Antonio, die Nacht des Sturms, das Lachen im Zufluchtsort und die tiefe Bindung, die zwischen ihnen entstanden war.

Ihm wurde klar, dass der Sommer im Dorf ihn auf eine Weise verändert hatte, die er immer noch zu verstehen versuchte. Er hatte gelernt, was es bedeutet,

Teil einer Gruppe zu sein, anderen zu vertrauen und sich seinen Ängsten zu stellen. Vor allem aber verstand er, dass manche Menschen in Leben treten, um es nie wieder zu verlassen.

Als er am nächsten Tag in seinem Zimmer saß, beschloss er, eine Antwort an Sara zu schreiben. Doch statt eines einfachen Briefes kam ihm eine größere Idee.

Er nahm ein leeres Notizbuch und begann, eine Art gemeinsames Tagebuch zu schreiben, in dem er alle ihre Abenteuer, die Orte, die sie entdeckt hatten, und schilderte die Gefühle, die sie geteilt hatten. Er dachte, es wäre schön, es an Sara, Elena und Riccardo zu schicken und vielleicht ihre Beiträge hinzuzufügen.

Die Titelseite war, wie auch sonst, der Zufluchtsort gewidmet: *„ Unser Zufluchtsort war nicht nur ein Ort, sondern ein Symbol für alles, was wir erlebten. Jedes Mal, wenn ich darüber nachdenke, habe ich das Gefühl, immer noch da zu sein, während der Duft des Kiefernwaldes und der Klang des Lachens die Luft erfüllen. "*

Ein paar Tage später, als Luca damit beschäftigt war, in sein Tagebuch zu schreiben, hörte er ein Klopfen an der Tür. Er öffnete es und fand Riccardo mit einem Rucksack auf den Schultern und einem schelmischen Lächeln im Gesicht.

„Du hast nicht damit gerechnet, mich zu sehen, oder?" sagte Riccardo und trat ohne Einladung ein.

"Was machst du hier?" fragte Luca überrascht, aber glücklich.

„Ich dachte, es wäre Zeit für einen Luftwechsel. Und dann habe ich dich vermisst", antwortete Riccardo und warf sich auf einen Stuhl.

Sie verbrachten den Nachmittag damit, sich zu unterhalten, sich an ihre Abenteuer zu erinnern und über die Zukunft zu diskutieren. Riccardo, der reifer wirkte als im Vorjahr, gab zu, dass er begonnen hatte, ernsthaft darüber nachzudenken, was er mit seinem Leben anfangen sollte.

„Weist du, mir wurde klar, dass ich etwas tun möchte, das einen Sinn hat. Vielleicht reisen, neue Orte entdecken, so wie wir es im Dorf getan haben."

Ein paar Tage später gesellte sich auch Elena zu ihnen. Er brachte ein Album mit Zeichnungen mit, die er im Sommer gemacht hatte und die er mit anderen teilen wollte.

„Das sind meine Erinnerungen", sagte sie und blätterte durch die Seiten. «Jede Zeichnung stellt einen besonderen Moment dar.»

Als sie Luca das Album zeigten, war er beeindruckt von der Feinheit, mit der Elena jedes Detail eingefangen hatte: die Zufluchtsort, den Leuchtturm und sogar ihre Gesichter in den wichtigsten Momenten.

Da Sara weg war, beschlossen sie, einen Anruf zu vereinbaren, um sie in ihre Gespräche einzubeziehen.

Als Saras Stimme aus dem Telefon kam, leuchteten alle auf.

„Ich vermisse euch alle so sehr", sagte sie lächelnd.

„Du auch", antworteten im Chor die andere.

Sie verbrachten Stunden damit, zu reden und ihre Pläne und Träume auszutauschen. Sara sagte, sie wolle im nächsten Sommer ins Dorf zurückkehren und vielleicht ein weiteres großes Abenteuer organisieren.

Bevor Riccardo und Elena nach Hause zurückkehrten, beschlossen sie, etwas Besonderes zu tun, um ihre Bindung aufrechtzuerhalten. Sie nahmen Lucas gemeinsames Tagebuch und schrieben jeweils eine Seite darüber, was ihnen die gemeinsam verbrachten Sommer bedeuteten.

Sie betitelten es: *„Unsere Reise: ein Sommer, der uns veränderte"*.

Als sie das Tagebuch schlossen, blickten sie einander in die Augen und erkannten, dass ihre Bindung intakt bleiben würde, auch wenn das Leben sie in verschiedene Richtungen führen würde.

Luca beobachtete das Tagebuch, nun bereichert durch die Beiträge seiner Freunde. Er wusste, dass ihre gemeinsame Reise noch nicht zu Ende war, sie hatte nur ihre Form verändert.

Als er sich an seinen Schreibtisch setzte, nahm er seinen Stift und schrieb den letzten Satz:

„Egal wo wir sind, das Meer und der Himmel werden uns immer vereinen."

Der letzte Abschied

Wieder war ein Jahr vergangen. Luca, Sara, Elena und Riccardo pflegten weiterhin ihre Bindung, schrieben sich gegenseitig Briefe, tauschten Nachrichten aus und organisierten ab und zu kurze Telefonate. Aber das Leben ging für sie alle voran und zog sie in unterschiedliche Richtungen.

Luca war in seinem letzten High-School-Jahr und hatte begonnen, über die Zukunft nachzudenken: die Universität, einen möglichen Umzug in eine Großstadt und alles, was bedeutete, die Vergangenheit hinter sich zu lassen. Als er einen Brief von Sara erhielt, wusste er, dass sich die Dinge für immer ändern würden.

„Lieber Luca. Dieser Sommer wird wahrscheinlich der letzte sein, den ich im Dorf verbringe. Meine Eltern haben beschlossen, das Haus zu verkaufen, und ich weiß nicht, ob ich jemals wieder die Gelegenheit haben werde, dorthin zurückzukehren. Ich muss euch alle wiedersehen und mindestens noch ein gemeinsames Abenteuer erleben, bevor alles vorbei ist.

Du kommst?. Ich warte auf dich."

Luca überlegte nicht zweimal. Er sprach mit seinen Eltern, organisierte die Reise und schickte eine

Nachricht an Riccardo und Elena. Es wurde beschlossen: Sie würden einen letzten Sommer gemeinsam im Dorf verbringen.

Als Luca ankam, schien das Dorf gleichzeitig identisch und anders zu sein. Die vertrauten Straßen mit den Häusern mit roten Dächern und sonnengebleichten Fensterläden waren noch da, aber es herrschte ein Hauch von Melancholie. Vielleicht war er es, der es so sah, wohl wissend, dass dieser Ort voller Erinnerungen bald zu einem abgeschlossenen Kapitel werden würde.

Sara wartete am Strand auf ihn, ihr weißes Kleid wiegte sich leicht im Wind. Als sie ihn sah, rannte sie auf ihn zu und umarmte ihn fest.

„Ich kann nicht glauben, dass du hier bist", sagte sie mit zitternder Stimme.

„Das konnte ich nicht Verpassen", antwortete Luca und versuchte, seine Gefühle zu verbergen.

Kurz darauf kamen Elena und Riccardo zusammen an, beide mit Gesichtern, die die gleiche Mischung aus Freude und Traurigkeit ausdrückten. Als sich die Gruppe versammelte, sahen sie sich an und wussten, dass dies ein Moment sein würde, an den sie sich für immer erinnern würden.

Sie beschlossen, die ersten paar Tage damit zu verbringen, all die Orte zu besuchen, die sie geliebt hatten: die Zufluchtsort, den Leuchtturm, die verlassene Villa. Jeder Ort war voller Erinnerungen

114

und jeder gemeinsam verbrachte Moment schien zwischen Vergangenheit und Gegenwart zu schweben.

Im Zufluchtsort fanden sie die Wände mit alten Zeichnungen verziert, die inzwischen verblasst, aber noch sichtbar waren. Sie haben neben der ersten eine neue Nachricht geschrieben: *„Wir werden immer wieder hierher zurückkommen, wenn auch nur in unseren Träumen."*

Am Leuchtturm kletterten sie zur Laterne und blickten auf das Meer, das endlos schien. Elena holte ihr Notizbuch heraus und begann zu zeichnen.

„Ich möchte diesen Moment festhalten", sagte sie mit gefühlvoller Stimme.

Sogar Riccardo, der sonst so scherzte, wirkte nachdenklich. „Dieser Ort... es ist, als ob er ein Teil von uns wäre. Ich weiß nicht, wie es sein wird, das alles hinter sich zu lassen."

Am Abend vor Saras Abreise beschlossen, wie schon in der Vergangenheit ein Lagerfeuer am Strand anzuzünden. Sie brachten Decken, eine alte Gitarre, die im Zufluchtsort zurückgelassen worden war, und ein paar Snacks mit, die sie im kleinen Dorfladen gekauft hatten.

Sie saßen am Feuer und begannen, über ihre Träume und Pläne für die Zukunft zu sprechen.

„Ich möchte Kunst studieren", sagte Elena mit einem schüchternen Lächeln. „Vielleicht eröffne ich eine

Galerie und denke jedes Mal, wenn ich ein Gemälde ausstelle, an euch."

„Ich möchte reisen", sagte Riccardo. «Ich möchte die Welt sehen und jeden Tag so leben, als wäre es ein Abenteuer."

Sara blickte ins Feuer, ihr Gesicht wurde von den Flammen beleuchtet. „Ich... ich weiß noch nicht, was ich will. Aber ich weiß, dass ich die Zeit, die ich mit euch verbracht habe, immer bei mir tragen werde, wo auch immer ich bin."

Luca sagte nichts. Er schaute ins Feuer und dachte darüber nach, wie die Welt ohne diese Momente, ohne diese Orte, ohne sie aussehen würde.

Nachdem das Feuer erloschen war, blieben Luca und Sara allein, während Riccardo und Elena sich auf den Weg zum Dorf machten. Sie saßen im Sand und blickten schweigend in die Sterne.

„Luca", begann Sara mit zitternder Stimme. „Ich muss dir etwas sagen."

Luca drehte sich zu ihr um, sein Herz schlug schneller.

„Dieser Sommer... war alles für mich. Du warst alles für mich. Ich möchte nicht gehen, ohne dass du weißt, wie wichtig du bist."

Luca spürte einen Kloß im Hals. Er wusste, dass zwischen ihnen etwas war, etwas Besonderes, aber er hatte nie den Mut gehabt, es zuzugeben.

„Du bist auch alles für mich", antwortete er mit vor Emotionen zitternder Stimme.

Sie sahen sich einen langen Moment an, dann kam Sara näher und küsste ihn.

Der Tag von Saras Abreise kam zu schnell. Sie alle fanden sich am Strand wieder, dem Ort, an dem vor ein paar Jahren alles begann. Sara hatte einen kleinen Koffer neben sich und der Wind spielte mit ihren Haaren.

„Ich will nicht gehen", sagte sie mit Tränen in den Augen.

„Und wir wollen dich nicht gehen lassen", antwortete Elena und zog sie in eine Umarmung.

Riccardo versuchte, seine Gefühle zu verbergen, aber als er an der Reihe war, sie zu begrüßen, flüsterte er: „Wenn du jemals einen Abenteuerbegleiter brauchst, ruf mich an."

Als Sara sich Luca zuwandte, schien die Welt stehenzubleiben. Sie umarmten sich und Luca flüsterte sie zu: „Es ist egal, wo du bist. Ich werde immer hier sein und an dich denken."

Sara nickte und wischte sich die Tränen weg. Dann warf sie einen letzten Blick auf die Gruppe, drehte sich um und begann, den Weg entlangzugehen, der aus dem Dorf hinausführte.

Nach Saras Weggang schien das Dorf leerer zu sein. Auch Riccardo und Elena gingen kurz darauf und ließen Luca allein zurück.

Er kehrte ein letztes Mal zur Schutzhütte zurück, beobachtete die Mauern und atmete die Luft des Kiefernwaldes ein. Er wusste, dass dieser Ort immer ein Teil von ihm sein würde, aber der Gedanke, ihn nie wieder zu sehen, zerschmetterte sein Herz.

Er schrieb eine letzte traurige Nachricht auf das Holz:

„Das ist unsere Zufluchtsort. Unsere Erinnerungen werden hier für immer weiterleben."

Luca verließ das Dorf und blickte ein letztes Mal aufs Meer. Er wusste, dass das Leben weiterging, aber ein Teil von ihm würde immer an diesem Strand bleiben, bei seinen Freunden, unter diesem unendlichen Himmel.

Die Melancholie war stark, aber es gab auch einen seltsamen Trost: Die Erinnerung an diesen letzten Sommer wird ihn immer begleiten, wie ein Leuchtturm, der die Dunkelheit erhellt.